"四叶草"论丛
杨庆祥 主编

沧桑的交响

郭宝亮◎著

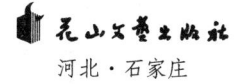

花山文艺出版社
河北·石家庄

图书在版编目（CIP）数据

沧桑的交响 / 郭宝亮著. -- 石家庄：花山文艺出版社，2024.7
（"四叶草"论丛 / 杨庆祥主编）
ISBN 978-7-5511-7196-0

Ⅰ．①沧… Ⅱ．①郭… Ⅲ．①中国文学－文学评论－文集 Ⅳ．① I206-53

中国国家版本馆CIP数据核字（2024）第092598号

丛 书 名："四叶草"论丛
主　　编：杨庆祥
书　　名：沧桑的交响
　　　　　Cangsang De Jiaoxiang
著　　者：郭宝亮
选题策划：郝建国
出版统筹：王玉晓
责任编辑：王　磊
责任校对：李　伟
装帧设计：王爱芹
出版发行：花山文艺出版社（邮政编码：050061）
　　　　　（河北省石家庄市友谊北大街330号）
销售热线：0311-88643299 / 96 / 17
印　　刷：河北新华第一印刷有限责任公司
经　　销：新华书店
开　　本：880mm×1230mm　1 / 32
印　　张：7.375
字　　数：170千字
版　　次：2024年7月第1版
　　　　　2024年7月第1次印刷
书　　号：ISBN 978-7-5511-7196-0
定　　价：56.00元

（版权所有　翻印必究·印装有误　负责调换）

总序：为文学批评寻找一种形式

◎ 杨庆祥

在当代文学现场，文学评论是一个看起来并不自然的角色。一方面无论是作家还是评论家，都反复强调文学批评的重要性，这种强调有时候甚至让人觉得有点儿饶舌。另外一方面的事实是，文学评论似乎可有可无，尤其在普通读者那里，他们甚至搞不清楚作家和评论家这两个职业标签的区分度。不仅仅是在文学现场如此，在高校的知识建制中，文学评论也处境微妙。在学科归属上，它被划入文艺学下面的一个方向，与文学理论并列，但实际上在具体的实践中，文艺学的从业者基本上不从事文学批评工作，中国现当代文学专业的从业者是从事文学批评的主力军，但往往又习惯于将"文学史"视作工作的合法性基础，文学批评则被视作"小道"偶尔为之。所以我们看到的现象是，文学批评往往成了初入行业者的一块"敲门砖"，一旦入门，则立即弃之如敝屣，以"文学为志业"者甚众，以"文学批评为志业"者则甚少矣！

与很多人的看法不同，在我看来，在文学理论、文学史和文学批评的三分中——这一三分当然也是现代知识分层的产物——文学批评不仅仅是最基础的，同时也最为考验人的心智、才华与写作能力。文学理论往往自有框架，按图索骥也能说出一二三；文学史则相对固定，寻章摘句即可敷衍为文。文学批评则要求一种如艾略特所谓的"当随时代而变"的时代性。简而言之，如果将文学理解为一种精神产品的实践，那么，文学批评全链条地参与到整个实践过程中，文学的发生、流通、经典化以及不断地去经典化和再经典化，文学批评都发挥着核心发动机的作用。这也是为什么在很多历史文化转折的时刻，如西方的文艺复兴、启蒙运动时期，中国的"五四"、1980年代，文学批评总是时代的弄潮儿和文化的急先锋。

那些灿烂辉煌的历史时刻固然让人艳羡和怀念，但对于今天的文学批评从业者来说，怎么面对当下的变化，让文学批评能够在整个文化的结构中发挥其应有的而不是夸大的、现实的而不是虚妄的、富有建设性的而不是罔顾事实的功能性的作用，这是我们需要思考和探索的命题。在这一思考的路径中，文学批评的语言、文体、方法、主题以及它与时代语境之间的张力，都重新成为问题，正视这些问题而不是用一种惯性来绕开这些问题，文学批评才有可能获得自我和力量。

总序：为文学批评寻找一种形式

花山文艺出版社推出的"四叶草"论丛正是在这一问题意识下的集结。这套丛书共收入四册，分别是郭宝亮的《沧桑的交响》，王文静、王力平的《文学是一次对话》，桫椤的《把最好的部分给这个世界》，王力平的《水浒例话》。《沧桑的交响》立足作家创作，在现实与历史的回响中为读者呈现当代小说的丰富面相及其与社会精神生活的嵌合关系；《文学是一次对话》结合文学理论，将当前热闹的文学现场出现的一些潮流、概念做了系统性梳理；《把最好的部分给这个世界》聚焦文学现场，结合张楚、薛舒、鲁敏等人的作品展开对话，从整体上为"70后"写作做出简笔素描；《水浒例话》以《水浒传》为例，在闲话随笔间分析其人物、语言、结构等要素技巧，为文学写作与鉴赏提供文学理论与评论知识。几位作者都是活跃于当下文学现场的重要批评家，他们试图以一种"对话"的形式呈现文学驳杂丰富的图景，"对话"既是不同个体、文本之间的对话，也是文学批评、文学理论和文学史之间的对话，当然，文学作为一种心灵的形式决定了这些"对话"也必然是罗兰·巴特意义上的"恋人絮语"。期待这些作品能够得到应有的关注和反馈，也期待这套论丛能够持之以恒。

是为序，以为鼓与呼！

2024 年 3 月 26 日于北京

自　序

◎郭宝亮

　　我与王蒙先生的学术交往始于我的博士论文写作，那是二十多年前的事了，当我确定了要以王蒙先生为研究对象时，我的导师童庆炳先生带我专门拜访了王蒙先生。那次拜访，我就研究中的诸多问题请教先生，这对我的论文写作产生了重要影响。后来，我将我的论文开题报告转给王蒙先生，他约我去他家里见面，又就有关问题进行了一番长谈，我对先生的为人及作品的丰富内涵有了进一步的理解。后来我多次在关于王蒙的学术会议上与先生见面，曾先后两次邀请王蒙先生到河北师范大学讲学。《王蒙自传》出版以后，我又到青岛与王蒙先生进行了一次对话。

　　陈超先生是我的同事，也是好朋友。我们相处了三十多年，

自序

在许多方面都有共识。铁凝的长篇小说《笨花》出版以后,我们私下里交流,谈论对小说的看法,诸多方面一拍即合。他提议与我就这部小说进行一番对话,于是便有了这次对谈。在这篇对话里,陈超先生敏锐的洞察力、鲜活的艺术感悟力以及出色的理论概括力都使这篇对谈生色不少。如今,陈超先生已离开了我们,谨以此篇对话来纪念他吧。

两三年前,应《当代人》杂志编辑的邀请,我与王力平兄就河北小说的历史、现状与未来,主要围绕作家与传统、与时代的关系等多个方面进行了畅谈。力平兄是著名文学批评家,文学艺术造诣颇高,与他对话,给我颇多启发。

附在这三篇对话后面的是一些相关问题的文章。虽然不是以对话的形式写就,但实质上也是一种对话——与作家的对话。相信读者读完了对话,再看看这些文章,肯定能在互证中得到更多的启示。

行文至此,特别要提到的是,这本书能如期出版,首先要感谢花山文艺出版社的郝建国社长,没有他的精心策划,就不会有这本书的顺利面世。记得是在花山文艺出版社组织的一次会议上,郝社长希望我能为花山文艺出版社写本书,恰好我有一本书正待出版,郝社长当即决定把其纳入一套丛书中。这套丛书便是由河北省作家协会原副主席、著名评论家王力平领衔,《诗选刊》主编、评论家桫椤和青年评论家王文静加盟,再加上我,正好是四个人,郝社长将其命名为"'四叶草'论丛"。"四叶草",指的是"四叶的苜蓿或车轴草。在十万株苜蓿草中,你可能只会发现一株是四叶草,概率大约是十万分之一。因此四叶草是国际公认的幸运象征"。可见,此丛书名寄托着十分吉祥的寓意。

其次要真诚感谢的是桫椤,感谢他的精心编排和多方协调。说起来我与桫椤之间还有一段故事,我与他相识的时候,他还在保定工作,河北省作家协会聘请理论研究员时,桫椤来开会,我们便认识了。那时他叫于忠辉,后来得知他的笔名为桫椤。我暗暗吃惊,我的网名原来也叫桫椤。说来话长,2000年初我到贵州遵义开会时,沿着当年红军路到过赤水市,顺便游览丹霞地貌国家地质公园,见到了罕见的比恐龙还古老的化石级蕨类植物桫椤树,于是便喜欢上这一古老的植物。恰好当时互联网上的博客还很时兴,我顺手给自己起了个网名就叫桫椤。这次开会,"大桫椤"遇到"小桫椤",也是一段趣事。后来微信兴起,我的微信名还叫桫椤。有一次,有人加我微信,开始跟我聊天,越聊越觉得不对劲儿,最后不得不问对方是谁。也许对方也觉得不对劲儿,一报姓名,原来并不认识,是对方把我当成另一个桫椤了。这样的尴尬出现过多次,据说"小桫椤"也遇到过。有一次中国作家协会的李敬泽主席也把我当成了保定的桫椤,后来见了面,敬泽主席还调侃说你们怎么都喜欢叫桫椤呢?于是为了区别,我终究还是放弃了桫椤这个网名,把它"还"给"小桫椤"了。由此看来,我和桫椤想必是有些缘分的。这一缘分终于体现在这次书稿的编辑斟酌上,桫椤小弟主动担纲,任劳任怨,把别人的事情当成自己的事情,这种精神着实令我感动。

当然还要感谢王力平和王文静。作为同行,我得向他们学习;作为朋友,没有他们的加持和鼓励,这本书也许就不会面市。看来"四叶草"的确是幸运草。

是为序。

2024 年 1 月 6 日于石家庄小自在斋

目　录

对话王蒙：
立体复合思维中的历史还原与反思
　　——关于《王蒙自传》的一次对谈（节选）　/ 001
附录：沧桑的交响
　　——王蒙论　/ 013
浅谈王蒙近年来小说创作的新探索　/ 061
灿烂诗心与如火激情
　　——读王蒙长篇小说《猴儿与少年》　/ 083

对话陈超：
"中国形象"和汉语的欢乐
　　——从铁凝的长篇小说《笨花》说开去　/ 089
附录：灵魂的忏悔与拷问
　　——评铁凝长篇小说《大浴女》　/ 114

在历史理性与人文关怀之间
　　——评莫言长篇小说《蛙》　　/ 122
先锋姿态、批判精神、创新追求
　　——刘震云小说创作的三只轮子　　/ 125

对话王力平：
捕捉时代的精神特质
　　——关于河北小说过去、现在和未来的对谈　　/ 135
附录："荷花淀派"的历史意义及启示　　/ 151
"乡土日常性"的双向突围与民间文化的探寻
　　——胡学文《有生》论　　/ 167
小说多种可能性的不懈勘探
　　——刘建东小说印象　　/ 184
探寻有宽度和厚度的"可能性"书写
　　——读李浩长篇小说《灶王传奇》　　/ 197
残存的理想主义？
　　——读张楚的中篇小说《风中事》　　/ 218
"河北四侠"的意义　　/ 221

对话王蒙

立体复合思维中的历史还原与反思
——关于《王蒙自传》的一次对谈(节选)

郭宝亮: 王蒙先生,您的《王蒙自传》的前两部《半生多事》和《大块文章》已经出版,在文学界乃至社会上都引起极大反响,今天,咱们就从您的自传谈起吧。

王蒙: 好吧。上次(在中国海洋大学的)研讨会上山东师范大学的一个老师(王万森老师——郭宝亮注),他提了一个关于人生拐点的问题,他说得还有点儿意思。我的童年,基本上是按一个好学生形象来塑造的,听老师的话、考个全班最优秀、得到奖学金,后来被政治所吸引,参加政治生活,过早地离开了学校。再后来很快又解放了,我成为团的干部,基本上算一帆风顺。走上文学之后,一上来也还行,不久就落马入了另册。然后,运动结束以后——也没结束,只是稍稍平息一点儿——我到现在的首都师范大学工作,工作也安定下来,又去了新疆,我也没想到。我觉得这个所谓的拐点无非是在政治和文学之间,在社会需求、组织设定和个人奋斗之间,必须是这样,必须服从,与自行选择相矛盾。60年代我到大学里有个差事不错，但是我还想个人奋斗，喜别人之所不喜、不敢喜。在中规中矩和另类之间，从文体到风格到手法，到内容的调侃性，也是拐点，但是从大的框架来说，又不失中规中矩。对社会潮流，既是认同，又是另类，又是合潮流，不管是政治的潮流、官员的潮流，还是民间的潮流，又是不合潮流。在认同和另类、在政治和文学间，拐来拐去，总之，值得一说、一写。

郭宝亮：就是说您这一生的拐点不是一个，而是多头的，一方面是个人的主动追求，另一方面又是时代社会的被动裹挟。在认同和另类、政治和文学之间，拐来拐去，起起落落。正由于此，您的自传是很有趣味性的，它不仅是您个人生活的记录，同时也是共和国历史的形象化纪实。您其实是当代最有资格写自传的作家之一，因为您的人生历史与共和国历史是同步的，您几乎都生活在历史时代的中心。这样的自传，文献性的价值不言而喻，同时也很有文学价值，就是一般读者读起来也觉得有趣。它与您的小说具有很强的互文性，里面很多的事件，在小说里也可以找到影子。所以在自传里，不仅可以研究我们共和国的历史，特别是知识分子的历史，同时也对研究文学有很好的作用。

我读您的自传，觉得其中包含着这样一些东西，一个是您的历史主义态度，再一个就是强烈的反思精神。历史主义态度，就是您对待历史的态度，这是一种客观的、尊重历史、不回避历史的态度。在这个历史中，您把自己和整个时代联系起来，没有单纯地突出自己，而是把整个时代和自己个人的经历糅合在一起。对历史中出现的问题,带着一种平常心,一种对过往事件的超越意识,这也可以说是一种距离,一种高度,或者说是在经历了这么多事以后的一种通透。对历史不是采取简单的态度,而是复杂的、全面的态度,我觉得这是非常难能可贵的。同时里面贯穿着强烈的反思精神。反思精神不仅包括批判意识,同时更重要的是把自己放进去的反省意识。我觉得,您的自传就贯穿着这种反思精神。不隐讳,不虚美,包括对自己、对家庭、对自己的父辈那种深刻的清醒,读了以后既让人深思,又让人感动。

王蒙:哈哈哈……写到自己的往事,我看到最多的是两种,第一种是谈自己的成就,第二种就是哭天抢地型,就是我说的苦主型。认为历史亏待自己,环境亏待自己,社会亏待自己,体制亏待自己,生不逢时,带有怨恨。至少是洗清自己,自我辩驳。我觉得这是可以理解的,人生就有这么多不平之事。可是我始终认为,人对历史、对环境有一点儿责任。

郭宝亮:您在《半生多事》里写道:"最后一根压垮驴子的稻草,是王蒙自己添加上去的,在这个意义上,说是王蒙自己把自己打成'右派',毫不过分。"这种说法的确是过去所有此类文章所没有的,这是一种对历史勇于承担的精神,是一种对自我以及时代的重新反省。新中国成立以来,多次进行的大规模的运动,直到"文革"的发生,其原因当然是复杂的,但具体到每一个人而言,难道就不应该对历史负点儿责任吗?我注意到了您对把您打成"右派"起关键作用的W的态度,这个似乎就是"季节"系列小说中的曲凤鸣。您并没有像在其他许多作品中那样把他写成一个道德败坏、十恶不赦的坏人,而是认为他"并无个人动机""没有发现公报私仇的情形"。之所以会是如此,正是时代的大环境使然。这可以叫作历史的惯性,而每一个人都是这惯性力中的一股。这恐怕正是您的自传所达到的思想高度。

王蒙:任何一个人在任何一个事变当中,或者是因为胆小怕事,或者是因为迎合潮流,或者是由于人云亦云,甚至是由于表现自己,因为他觉得寂寞,觉得这个运动和他毫无关系,这种寂寞在作祟,比被枪决还恐怖。说起来好像不可思议,但是这个我亲眼看到,是事实。或者由于自己的思想上同样有一种寂寞的东西,我在小说里也写过。

郭宝亮:这正是意识形态的作用。高度统一的意识形态,把人框定在一个高度一体化的集体中,谁都怕被甩出这个集体。

王蒙:是,你也可以这么说,但是我觉得这个是……我看过一个推理电影《尼罗河上的惨案》,它里面最后总结,说女人最大的愿望就是被关注,就是看你怎么理解,起码是吸引别人吧。我觉得它说得很好,可以概括起来,人的最大愿望之一是被关注。为什么一个人需要随时证明自己,这个从心理学上来说是生理本身的一个孤独感、不确定感。

郭宝亮:您的作品里面谈到毕淑敏的时候说,有时候政治消解生活,生活同时也消解了政治。所以有时候想起来确实很残酷,但从另一个角度来看,那个年代的那种游戏,或者说是一种全民的狂欢，从某种意义上来说，确实是关乎人性的，人性的这种孤独、不确定性使他感觉到需要有人关注他，在一个不正常年代的关注，可能就是这种方式。

王蒙：越是弱者，越不能够过一个真正个人的生活。中国缺少一种严肃的个人主义的传统，这是一个原因。

郭宝亮：这实际上就是海德格尔所说的"常人专政"或"常人独裁"，在"常人独裁"之下，没有哪个人是他自己，人们消解在众人当中，消解在集体当中。

王蒙：集体主义是很有力量、很有魅力的。就是自己不但是一个人，而是一个群体，有群体器重自己、认同自己，而且这个群体有一个领袖，带领人们走向胜利，这对一个知识分子来说，有时候他是梦寐以求的，就是这种群体，他和群体，和历史的意志、历史的客观规律的融合，从而把个人完全控制，这样的境界，几千年来也有很多知识分子追求这些。我在《狂欢的季节》里面还有一首歌，叫《一江春水向东流》，是抗战期间的，"来来来来，你来我来他来，大家来，一起来，来唱歌，一个人唱歌多寂寞，多寂寞，一群人唱歌多快活，多快活，大姑娘唱歌，小伙子唱歌……"。

革命也好，我宁可说是历史。我们解放以后并不怎么宣传上帝，我们不搞这个东西，我们也不宣传天道，但是我们宣传历史，历史的发展规律，历史的发展规律注定要灭亡的，谁能违背历史的规律？反过来说，当你自信你的背后是历史，是客观发展规律，就开始颐指气使。我现在回到这个话题来，几乎没有人反思自己对待历史、对待环境,对一种错误的形成起了什么作用,都认为自己是受害者。德国那个顾彬跑到青岛来,来海洋大学讲课,他先以德国人的名义向中国人致歉,向青岛人致歉,他说他看了当年德国的总督府,感觉德国在青岛,把殖民主义的手掌伸到青岛来,对中国人犯下的罪行。这里我也提到,我也对别人采取过某些不恰当的言行、态度,甚至给别人造成不好的后果。所以你说反思,我也愿意承认,你如果不反思的话,那现在更没法写回忆录了,都说成是别人的责任。我想我们应该想清楚自己做了哪些缺德事。

郭宝亮:您所有的题材,所有提到的人物,无论是《活动变人形》、"季节"系列,还是《青狐》,大部分都是知识分子。作为一个知识分子。在中国来说,他可能和这个传统有很大的关系,我们古代儒家讲要"吾日三省吾身",谈的也是这种反省意识和自我的修养。但是从整体上来讲,我们这个民族的反思,作为现代意义上的反思,好像还是不够的,起码是不特别突出的。这种传统可能为我们带来很多。比如说在古代,古代的知识分子,大部分应该算官僚阶级,他经过十年寒窗,经过科举考试,最后到了官僚阶层,就成了一个官僚知识分子,官僚知识分子在古代还是有自己的自主意识,对皇帝都有那种"为帝王师"的精神,但是总体上他遵守的是儒家的思想,而他真正的自我意识,作为真正的现代意义上的自由人,基本上是没有的。那么,到了"五四"这一代,应该说获得了一种少有的人生独立地位,说他们是现代意义上的自由的知识分子也是说得过去的。那个时代科举制度正好被废除了，这样就彻底堵死了知识分子晋阶上层官僚的途径，但是他还有另外两个途径，一个是到现代教育机构，即到大学里面当老师；一个是办报。通过这两个途径，他可以确立自己的新的知识分子身份。在大学他可以讲自己的学说，在报纸上可以宣扬自己的观点，这样的话，他就把自己作为一个知识分子阶层的意志表达出来，而这个时候，高校和报业对官僚的依附还是比较少的，所以那个时候，还是有点儿个人的意味的。不过，这只是一个很短暂的历史时期。到20世纪20年代末，革命文学兴起以后，我们的知识分子马上就有一个要寻找阶级归属的愿望，包括我们的语言，也要向劳工靠拢，和劳工靠拢以后我们才有出路，也就是知识分子要重新找到自己的阶级归属。这样，知识分子又回到集体主义里面来了。就是说，它需要有一个组织性的，或者全民动员的那样一个状态，大概也符合历史的这种潮流和合理性，那么个体在这种情况下，知识分子觉得自己应该和潮流走在一起，应该和历史走在一起，否则很可能会一事无成。就像您在《活动变人形》中写到的倪吾诚这样的知识分子，他游走在潮流之外，结果一生一事无成，甚至处在不被接纳的状态。

....

王蒙：现在谈自传，对我来说，是一种特殊的幸运，我说过一句话，我是中华人民共和国建立发展的一个见证者，一个参与者。中国还有一个特点，除了刚才我们提到的，中国实际上，这五六十年来，变化是迅速的。蒋子丹有一部小说里说，昨天已是古老的。我现在回想起来,我冒着傻气能够把《恋爱的季节》《失态的季节》《踌躇的季节》和《狂欢的季节》,像编年史一样地写下来。从文学本身,从阅读本身,轻便舒适来说,中国的这些大事,你最多是作为背景。但是,我总觉得,我得把我所看到的东西写下来。人们很容易接受一个东西,或者不接受一个东西,这是非常简单的。比如说写"土改",你看过去写"土改"的小说,写地主一个个都像魔鬼一样,吃人的魔鬼,而农民的正义斗争天翻地覆,那是血泪仇。

…………

郭宝亮:过去学界常常流行一句话叫作"片面的深刻"。是不是只有片面才是深刻的呢?我觉得"片面的深刻"容易,而"全面的深刻"却难。当我们把一个方面偏执地极端化,它的深刻实际上是可疑的,螳螂捕蝉,黄雀在后,"片面的深刻"实际上就是只注意到了螳螂与蝉的关系,而没有注意到黄雀与螳螂的关系,因而这种所谓的深刻就是另一种"浅薄",它怎能靠得住?……在这个意义上说,您的自传就不仅仅是一个一般的回忆录,或者说是一个传记,它实际上是一个具有很多的思想意识,包括你的各种各样东西的一个——我称作"王氏百科全书"。它里面包括很多东西,读了以后,不仅有这样的历史主义态度、反思精神,其文献的意义是非常明显的。另外,它谈到了很多,包括您的哲学思想、文艺思想,您的一些对事物的分析看法,特别是您到了老年以后,作为一个智者的形象,在这部书里面,也不时地出现。我们从里面可以看到很多东西,对于研究文学创作、研究我们的社会历史的状态、研究包括民风民俗各个方面都可以找到一些有益的东西。第二部《大块文章》,您写的是20世纪80年代以后,您又回到了时代的风口浪尖上,把知识分子的各种状态,您所接触到的,都写出来了,和您的《青狐》可以相互参照着看。我觉得,在您的思想体系中,既反对绝对化、独断论,同时也反对绝对的相对论,这就是一种立体化复合式的辩证思维方法,一种全面的、复杂的、整合的、超越的思维方法。这样一种思维方法,肯定与那种极端的、偏执的思维方法产生龃龉。这也就造成了您的左右不讨好的处境。您不断提到的桥梁界碑问题,实际上是和您整个的哲学思想、价值观念、思维方式有着直接的关系的。您的这种立体复合式辩证思维方式对历史进行的还原与反思就显现出了难得的全面的深刻。

王蒙:我尽量地对任何人都不用强烈的褒贬或者鞭挞的态度,有些呢,我是用正面的语言,但实际上我是不赞成的。所以有些读者呢,包括我知道那些对我并不是很友善的人,他们也很注意我的书,说我这个人太聪明了,他们就是从技巧的角度、从操作的角度来评说的。但是我觉得呢,我除了技巧和可操作的层面以外,我还有一份心怀,这个心怀,就是与人为善,就是推己及人,就是能理解别人。恕就是宽容的心,恕就是能理解别人,能理解自己,能理解与自己不一致的人,能理解老是瞅着我别扭的人、对我恨不得除之而后快的人。因为他们有他们的一些想法,或者是个人利益也好,或是干什么也好,我觉得在这个层面来说,我是这样努力做的。是不是百分之百地做到,世界上的事没有百分之百,语言环境也好,很多东西也好,起码我没有扯谎,起码该提到我提到了,有的话本来可以说得更直接一点儿,我现在说得比较隐晦。本来我是想批评这件事情,但是我选择了一个中性,甚至偏于褒义的词,这些事情,我也承认,我也有,我觉得我也在回答呀。总之,我在文学界是个案,都是特例。

有人说是王蒙当官,这个当官的问题,个人有个人的情况,我恰恰是早就入了党,早就当了干部,早就有一点儿职务了,科级也好,处级也好,我二十多岁的时候,已经有这个职务了。我的工资在北京——当时我十九岁——已经有八十七块五了,当年的八十七块五,感觉跟现在的六千也差不多。所以,以文学为敲门砖,当我去谋求官职,实际上在我身上是不合适的,因为我是恰恰从事文学活动影响我的仕途,这不是很明显的事吗?否则的话,那就是另外一种情景。把它完全看成一个技巧问题,我觉得这里头他没有看到,我是相当地有入世的经验,尽可能地少做蠢事和不做蠢事。但是不等于我拒绝付出代价,我仍然有我做人的底线,仍然有我冒傻气的地方,譬如包括我保护一些作家,甚至也许你保护的那个人,反过来咬你一口,这样的例子我也可以举很多。但是我并不后悔,我觉得我是在做我应该做的事情,我无法替别人做他所应该做的事情,我一直宣传,比如曹操说的"宁可我负天下人,不可天下人负我",我干脆反过来,宁可天下人负我,当然,谈不到天下人负我,夸我、帮助我的，伸出援助之手的，有很多，我绝不辜负一个人。还有就是整天讲的东郭先生、中山狼，那我就宁可当东郭先生，我不当中山狼，虽然东郭先生有点儿蠢，自己也算一个讲道德的人——心里踏实，我不咬人，我被别人咬，而且这是在社会比较正常的情况下，想咬我也没有那么容易，我也没有那么容易就让你咬。

…………

郭宝亮：这个大部分人啊，包括现在好多人，欣赏的知识分子是那种更偏执的，就是说，我干什么都是黑白分明，就是要走到底，永远不妥协，这种人反而更有市场。

王蒙：一种温和的、理性的见解，更强调和谐，而不是强调拼命的，更强调恕道的……我有时候也觉得哭笑不得，因为有鲁迅研究专家编书说，谁谁向鲁迅挑战，把我也弄进去。费厄泼赖，而且鲁迅说的是"缓行"，他没说建立了新中国六十年以后还得"缓行"。所以这个没有办法，在中国的这种激进主义和那种愚昧的简单化、愚昧的想当然，和用煽情来代替理性，用诅咒来代替分析一样害人。为什么我越来越不喜欢像人妖之间这个问题？因为人妖之间的这个就带有极端主义、封建主义、恐怖主义色彩。那就是靠语言恐怖。

郭宝亮：人妖黑白，决然分明，这是我们最有市场的一种价值判断方式，更是一种思维方式。我现在读到那些所谓"酷评"式的文章，那种横扫天下如卷席的架势，的确似曾相识。这就愈发显示出您的这种立体复合辩证思维方式的可贵。阅读您的作品的时候,这种感觉就更强烈。我觉得您的作品应该说政治性是很强的,这是肯定的。您的政治性,没有在政治的表面上,而是往下走,走到人性当中去了。通过政治性折射的是人性。您的自传不用说,只说我读您的《青狐》的时候,我就感到,老年的王蒙,在语言上,具有了更加内在的劲道,那种反讽,那种繁复,那种悖反,简直就是新时代的《儒林外史》。但是呢,新《儒林外史》又与吴敬梓的《儒林外史》不一样,吴敬梓的《儒林外史》是站在外边来看这些人,您是站在里面来看,您把自己摆在这些人里面,那么在观察这些人的时候,采用了多侧面、多角度的立体复合式思维方式,其中就包括您讲的恕道,就是您在写到人的时候,把他写成立体的,这样在还原历史、反思历史的时候才有一个整体的全面的概貌,这就是您的"广泛真实性原则"与"杂多统一原则"的具体体现。

(本次对话由中国海洋大学的温奉桥先生与张丽芳女士根据录音整理,已经王蒙先生审阅。收入本书的节选内容未经本人审阅)

附录：

沧桑的交响
——王蒙论

1934年10月出生的王蒙，已经度过了人生九十年的辉煌岁月。如果从1953年他开始写作长篇小说《青春万岁》算起，迄今王蒙的文学生涯已经整整七十年了。这七十年来，王蒙已经为中国当代文坛贡献出了两千多万字的文学作品，并有三十多种语言文字在世界各地出版。王蒙是当代最有思想的作家之一，他不仅仅是一个文学家，还是著名的学者。王蒙的创作生命力最长，年逾九旬仍笔耕不辍，且充满活力，这简直是自新文学诞生以来的一个奇迹；王蒙也是最有争议的作家，围绕着王蒙的文坛"官司"七十年间不断，也应该是个奇迹。

一、50年代：青春的歌唱与变奏

王蒙的文学生涯开始于20世纪50年代共和国诞生的初期。这使得王蒙的命运与共和国的历史同步共振，王蒙的文学创作成为一部"浓缩的当代文学史和文化遭际史"。因此，透过王蒙的文学写作，我们能够看到王蒙创作的不凡的意义。然而，文学创作毕竟属于个人的行为，我们还需从王蒙的创作说起。

1953年11月1日，十九岁的王蒙开始"偷偷"地创作长篇小说《青春万岁》。这对于王蒙而言实在是一项庄严而伟大的工程。王蒙说："我一定要写一部独一无二的书，写从旧社会进入了新社会，从少年时期进入了青年时期，从以政治活动、社会活动为主到开始了大规模有计划的经济建设，写从黑暗到光明，从束缚到自由，从卑微到尊严，从童真到青春，写眼睛怎样睁开，写一个偌大的世界怎样打开了门户展现在中国青年的面前，写从欢呼到行动，歌唱新中国，歌唱金色的日子，歌唱永远的万岁青春。"①

王蒙的这些话是真诚的，有感而发的。只要我们看一看王蒙的童年生活一切就都豁然开朗了。1948年10月10日，不到十四岁的王蒙成了中共北平地下组织的一名成员，从那个时候起，王蒙的最高理想就是做一个职业革命家。在谈到自己参加革命的动机时，王蒙虽然没有直接的说法，但在他的多部长篇小说中都谈到过。在《恋爱的季节》里谈到钱文参加革命的动机：第一位的原因，恰恰是因为他的父母感情不和。父母不和促使主人公参加革命的情节在他的另一部长篇小说《活动变人形》中也有同样的描述。我们从王蒙的夫人崔瑞芳（笔名方蕤）对王蒙童年生活的描述中，认证了这两部小说的准自传性质。崔瑞芳提到的那个曾写进《活动变人形》中的"热绿豆汤"情结与"逛棺材铺"事件，② 证明了王蒙童年的不幸。王蒙曾多次声称"我没有童年"，我觉得"没有童年"主要是指这种父母感情不和与"如同梦魇"般的家庭环境："可怕的

对话王蒙：立体复合思维中的历史还原与反思

不仅在于父母的纠纷，而且，在父亲不在的时候，被称为'三位一体'的相濡以沫的三个长辈也常常陷于混战。……"③"……她们跳起来骂：出门让汽车撞死。舌头上长疔。脑浆子干喽。大卸八块。乱箭钻身。死无葬身之地。养汉老婆。打血扑拉（似指临死前的挣扎、搐动）。有时是咒骂对方，有时是'骂誓'，是说对方冤枉了自己，如自己做了对方称有自己辩无的事，自己就会出现这样的报应，而如果自己并未做不应做的事，对方则会'着誓'，即不是自身而是对方落实种种可怕的场面情景。骂的结果，常常她们三个人也各自独立，三人分成三方或两方起灶做饭，以免经济不清。这母女三人确实说明着'他人就是地狱'的命题。"④"不但三人吵，甚至骂到邻居。……"⑤"我还要说，骂仗甚至发展到我的姐姐和妹妹身上，以最仇恨的言语给儿童以毁灭性的毒害。……"⑥王蒙虽然在家庭成员中地位相对优越些，但也只是"一个落后的野蛮的角落里的宠儿，这就是童年的王蒙"⑦。这样的充满"乖戾之气"的家庭环境，给童年的王蒙造成严重的心理创伤。王蒙在自传里曾谈到自己九到十岁时的失眠经历，并把它写进《青春万岁》，还受到恩师萧殷的批评，但王蒙自己认为"大概我的这些经验只能说明自己的心理健康方面有问题罢了"⑧。是的，按照现代医学的观点来看，王蒙的失眠（上了冀高和之后的一段时间一直有严重的失眠），"我只觉得正在向一个无底的深坑黑洞，陷落、陷落着，再陷落着"⑨，这种感觉肯定是一种心理危机——抑郁倾向的表现。这种心理上的问题也造就了王蒙早熟、敏感乃至多愁善感的文学性格。饥饿、痛苦、灰色的旧时代的生活处境使得小小年纪的王蒙天然倾向于革命,他渴望着新生,渴望着一个强有力的通体光明的"理想之父"的出现,而革命恰恰充当了他"寻找理想父亲"的最直接最便当的方式。于是,共产党、新社会就成为他的"理想父亲",革命集体就是他的"温暖的新的家庭"。贺兴安在《王蒙评传》中写道:"王蒙刚从中央团校毕业,住在东长安街团市委的集体宿舍里,当时有家也不肯回家住。"⑩贺兴安采访王蒙当年的同事王晋,王晋介绍说:"我们那个区团委,都是十六七八,没有超过二十的,都没有结婚。大家都住在机关里,实行的是供给制,管吃,管穿,冬天发棉衣,夏天发单衣,连裤衩都发,发一点儿零用钱。大家没有级别,吃大锅饭,窝窝头、馒头、高粱米,一个礼拜吃一次肉,高兴得不得了。早晨起来穿衣服就工作,晚上工作完了脱衣服睡觉,大家在一起无话不谈,没有戒心,没有隔阂。感觉党员这个称呼,同志这个称呼,亲如父母,亲如兄弟。"⑪正是在这样一个新的"父亲"面前,在这样一个"温馨的新的家庭"里,王蒙获得了重生。他曾经不无诗意地写到他的获得重生的感受:"我好像忽然睁开了眼睛,第一次感觉到了解放了的中国是太美好了,世界是太美好了,生活是太美好了,秋天的良乡县是太美好了,做一个团校学员是太美好了。"⑫美好的生活,幸福的时代,王蒙以主人翁的豪情投入火热的斗争。自豪感、幸福感以及光明的前途,使王蒙成为"时代的宠儿",在人生的第一阶段他获得了少年布尔什维克式"革命干部"的身份认同。"小小年龄,我得到了激情,得到了胜利,得到了无与伦比的欢欣,我趾高气扬,君临人世,认定历史的航舵就掌握在自己的手里。看到父母这一代人和更老的人，想到历朝历代的过往者，我想他们都是白白地度过了一生……而今，人生从我这一代开始啦。"⑬为了参与到这个全新的时代中去，王蒙辍学成了职业革命者，但是，多愁善感的激情澎湃的王蒙，并不甘于这样的日常事务性的工作和生活，他决定要用文学记录时代，讴歌青春。长篇小说《青春万岁》与其说是一部文学作品，倒不如说那是青春期的王蒙对时代的诗意记录。和所有的革命作家一样，从其作品中流露出来的是强烈的自信和步入天堂般的欢乐。写作使王蒙又获得了另一个身份——诗人身份，革命干部与诗人身份的统一，构成王蒙"时代宠儿"的身份。这种身份外化在他的文学创作中，就形成他的小说的文体特征——"青春体"。"青春体小说"的概念是董之林女士提出来的，她认为："青春体小说发生于 50 年代，它既是文学在经历了一场翻天覆地的社会变革之后，对建国初期除旧布新时代的反映，对古老的中华民族所展示的青春风貌的描绘；同时又是对这一特定时代赋予作家的青春心态的抒发，有其自身的表现形态。"⑭董之林认为，王蒙写作于 50 年代的一些小说是典型的"青春体小说"，而《青春万岁》更是典型中的典型。这部小说以 1952 年北京女七中的一群青年高中生的日常生活为主要描写对象，塑造了杨蔷云、郑波、李春等青年群体形象，表现了共和国初期青年人的昂扬的理想主义精神、饱满的新时代激情和纯真热烈美丽动人的青春风貌。由于小说是一个十九岁的青年人所写，又写的是同龄人的青春生活，同时又与青春的共和国同步，因此，这部作品天然地就具有永恒性，它圆润、饱满、美丽、生动，直到今天，仍具有很强的艺术感染力。

沧桑的交响

《青春万岁》并不是一部故事化的小说，而是一种感觉化生活流式的小说。小说结构上没有所谓的主线，而是类似于交响乐式的结构。关于小说的结构问题，《青春万岁》有过周折。1954年底，小说完稿，王蒙交给了父亲的同乡同学潘之汀老师，潘之汀又转交给了中国青年出版社。在焦急的等待中，王蒙在《人民文学》发表了短篇小说《小豆儿》，这应该是王蒙发表出来的处女作。终于在等待了一年之后，1955年冬，责任编辑吴小武（萧也牧）和中国作家协会青年工作委员会副主任、老作家萧殷找到王蒙谈话，称赞了稿子的基础和作者的"艺术感觉"，但也指出了作品结构上的"主线"缺乏问题。为了帮助王蒙修改文稿，萧殷还为王蒙请了半年的创作假。在修改小说的过程中，王蒙愈来愈充满自信，找到了感觉。"我愈来愈感到长篇小说的结构如同交响乐，既有第一主题，又有第二、第三主题，既有和声，还有变奏，既有连续，有延伸、加强、重复，又有突转与中断，还有和谐与不和谐的刺激、冲撞……结构的问题，主线的问题，与其说是一种格式、一种图形，不如说是一种感觉，对于小说写作的音乐感、韵律感与节奏感是多么迷人！像作曲一样地写小说，这是幸福。"[15] 然而《青春万岁》未能如期出版，直到1979年才正式出版。其中甘苦，真是一言难尽啊！

在修改《青春万岁》的过程中，二十一岁半的王蒙又写出了改变他一生命运的小说《组织部新来的青年人》[16]。这篇小说一在《人民文学》1956年9月号上发表，便引发了一场激烈的争论。由于小说发表在"双百"方针提出的"百花时期"，这篇小说自然被归入"干预生活"潮流中，被认为是一篇"反官僚主义"的代表作品。争论的双方也基本在这方面做文章。直到今天，多本文学史都把这篇小说归入"干预生活"潮流，并未做深入的研究。

实际上，早熟聪慧且有着较丰富实际工作经验的王蒙，面对现实的复杂性，他的理想主义和廉价的乐观主义遭遇了尴尬和困惑，《组织部新来的青年人》正是这种尴尬和困惑的产物。如果说，《青春万岁》是对理想和青春的高歌，那么，《组织部新来的青年人》则是理想和青春在现实中受阻之后的一种颤音。可见，从一开始，青春所遭遇的理想与现实的矛盾就深植在王蒙的心灵深处，成为他人格心理结构的组成部分。这个时候，王蒙的干部与诗人的双重身份开始错位。浪漫的诗人身份决定了他对乌托邦理想的天然憧憬和向往以及对光明的渴求，文学使他一直生活在别处；做过实际工作的革命干部的身份则又使他对现实保持了一份清醒。正是这双重身份，使他的作品具有了不同于他人的独特品质。在这一作品中，王蒙的重心并不在于要批判什么，而是表达处于青春期的青年对生活的混沌和困惑的感悟。因此，它仍然属于"青春体小说"的范畴，它是"青春体小说"的一个变奏。正如作者当时就说过的："林震、赵慧文和刘世吾、韩常新的纠葛是被好几个因素组成的：其中有最初走向生活的青年人的不切合实际的、不无可爱的幻想。有青年人的认真的生活态度、娜斯嘉的影响，有青年的幼稚性、片面性和小资产阶级知识分子对自己的幼稚性、片面性的珍视和保卫，有小资产阶级的洁癖、自命清高与脱离集体，有不健康的多愁善感；有做了一些领导工作的同志的成熟、老练，有在这种老练掩护下的冷漠、衰颓，有新的市侩主义，有把可以避免的缺点说成不可避免的苟且松懈，也有对于某些不可避免的缺点（甚至不是缺点）的神经质的慨叹……多么复杂的生活！多么复杂的各不相同的观点、思想与'情绪波流'！……"⑰可见，王蒙所要表现的就是一个刚刚步入社会的青年人对生活复杂性的一种艺术感悟。作为小学教师的林震是单纯的，他怀揣着苏联作品《拖拉机站站长与总农艺师》来到组织部，都象征着林震的初涉社会的青春理想化身份。作品突出了他的"年轻"和"新来"，正是突出了一种理想化的生活方式同现实的距离。王蒙塑造的林震不是叱咤风云的英雄，他的单纯、幼稚、怯生生以及同赵慧文听音乐、吃荸荠的缠绵微妙关系等特点，都和当时主流意识话语所排斥的小资情调有关。一方面，有一个叙述声音肯定了林震单纯、热情、执着于理想的生活方式；另一方面，在深层结构上，还有一个叙述声音在不断地探究甚至是怀疑着这种生活方式。比如，当林震在现实中碰了壁，他看着苏联小说扉页上自己写的"按娜斯嘉的方式生活！"不禁自言自语："真难啊！""娜斯嘉的生活方式"就是理想的生活方式，而这种生活方式与现实显然是脱节的。作品中的刘世吾曾是一个被指认为官僚主义者的形象，但这个"官僚主义者"却并不讨厌，个中原因正是王蒙给人物留有了余地的缘故。刘世吾不是坏人，他只不过是一个"意志衰退"的、不那么单纯的人而已。他的一句口头禅"就那么回事"，表现出刘世吾的某种超脱、某种难言的苦衷。我们完全有理由相信，当王蒙塑造刘世吾的时候一定是充满矛盾的，一种既爱又恨、既尊敬又不满的态度，这种态度同儿子对父亲的态度十分相似，因此，当写到刘世吾劝告赵慧文在婚姻问题上要实际一些,特别是对林震思想情况的分析:"年轻人容易把生活理想化,他以为生活应该怎样,便要求生活怎样,做一个党的工作者,要多考虑的却是客观现实,是生活可能怎样。年轻人也容易过高估计自己,抱负甚多,一到新的工作岗位就想对缺点斗争一番,充当个娜斯嘉式的英雄。这是一种可贵的、可爱的想法,也是一种虚妄……"林震感到被击中要害般地震颤起来。很显然,在这里也有两个声音,一个不赞成刘世吾的"条件成熟论",一个却拿不出反驳刘世吾的理由,反倒对自己的莽撞、幼稚、不切实际充满怀疑。正是王蒙文化心态的矛盾赋予刘世吾性格上的矛盾,刘世吾在馄饨铺对林震的坦言表明他对梦想的、单纯的、美妙的、透明的生活的向往以及对现实的失望,理想与现实的裂隙难以弥合,"就那么回事"成了他的口头禅。刘世吾内心深处的对理想的向往和对现实的厌恶,同现实生活的复杂性有关。但是,年轻的王蒙和林震一样不可能意识到这些,然而作家价值观上的矛盾所赋予人物的客观性为我们今天的重新阐释留下了空白。

另外,林震与赵慧文的关系是耐人寻味的,这种朦朦胧胧、缠缠绵绵的关系固然在王蒙的初稿里与发表稿之间还有一些差距,[18]但林震对比自己大好几岁的赵慧文的好感甚至是依恋的情感取向还是明确的。无独有偶,在王蒙90年代创作的长篇小说《恋爱的季节》里,写到年轻的钱文的初恋(单恋)对象也是一个比他大几岁的女性吕琳琳。甚至在钱文上小学二年级的时候,他就幻想着与一位女电影明星"结婚",这位明星"腰里围着围裙正在厨房里做饭的场面,使他悟到'媳妇'两个字的意义"。[19]我觉得,钱文对年长女性的爱恋，与其说是一种爱，倒不如说是一种依恋。"女明星"的形象实际上是小小钱文对温柔母亲形象的一种怀想与依恋。从钱文身上，我们是否可以看出王蒙由于童年家庭不幸的痛苦经验所产生的某种类似弗洛伊德式的"恋母情结"呢？

因此，我们大致可以推断，写于二十一岁时的《组织部新来的青年人》，是王蒙初涉社会时青春对实际生活的不适感。从《青春万岁》的对理想"父亲"的赞颂和崇拜，到此时对有缺点"父亲"刘世吾的失望，以及对具有母性特征的赵慧文的朦胧的依恋，表明了王蒙对"长大成人"的恐惧感。这一推论我们还可以从《恋爱的季节》和《青狐》的"互文本"中得到印证。在《恋爱的季节》里，王蒙写到，钱文"又盼长大又怕长大，怕自己总有一天会变得冷漠和庸俗起来。吕琳琳的信给他一种逼近感，成长在逼近他，爱情在逼近他，所有同志们的成家在逼近他……我可怎么办呢"[20]？在2004年出版的《青狐》中，王蒙再一次写到这一情节：20世纪80年代初，钱文在海滨再一次见到吕琳琳时，他为她的"终于长大了……"这一句话而百感交集，"他当然想起他与她相识的时候他才是中学生，他更想到他们这一代人似乎是不愿意长大的一代人，然而现在是长大了"[21]。这里的"害怕长大，不愿意长大"，体现的是一种青春期身份认同的危机。用埃里克森的话说就是："他们需要一个合法延缓期（moratorium），用来整合在此之前的儿童期的同一性各成分；只是到了现在才有了一个较大的，然而轮廓模糊却有迫切需要的单元，代替了儿童期的环境——'社会'。"[22]埃里克森的"合法延缓期"概念是他的"同一性（identity，又译认同）"

对话王蒙：立体复合思维中的历史还原与反思

理论的一个重要概念，这一概念所体现的是青年人试图解决"认同混乱"的一种心理现象。合法性延缓的是"时代宠儿"的身份，王蒙害怕丧失，他渴望保持：

> 他渴望保持年轻，他想保持爱情，他想保持心灵的平静，他想保持心弦的无声，他想保持希望的永远生动和失望的推迟到临。他想保持所有的美好记忆和他的那一串又一串的梦。梦，就让它是梦吧，梦只是梦，它永远不会被得到，所以也不会失落。㉓

由此可见，王蒙对"长大成人"的恐惧所恐惧的是"现实"，他"合法性延缓"的是"理想"，是青春，因为面对50年代以来的现实生活中各种不如意，王蒙也愈来愈不能把新中国成立初期的那种理想与现实统一起来。作为诗人，作者所要维护和建构的正是这种理想的纯洁性，而作为曾经做过实际工作的干部，又使他对现实的粗粝和不那么完美留有了余地。他渴望理想，但并不是一个极端的理想主义者；他害怕现实，但也并不意味着他是一个绝对的"反现实主义者"。相反，他的透明坦荡与理性随和的个性，使他在保持理想的纯洁性的同时也随时准备去理解现实。他预感到，不管他愿意与否，现实总是要如期来临，就像他总是要长大一样，延缓只能是暂时的权宜之计罢了。因此在《组织部新来的青年人》中，王蒙感到无法驾驭，他甚至"无法给自己的小说安排一个结尾"。㉔当他"隔着窗子，他看见绿色的台灯和夜间办公的区委书记的高大的侧影,他坚决地、迫不及待地敲响了领导同志办公室的门"㉕时,他不过是在寻找一个更加权威的"理想父亲",好将自己宠儿身份的"合法延缓期"继续进行下去而已。

《组织部新来的青年人》显示了王蒙成为大作家的潜质。这篇小说使王蒙一夜成名,赞扬与批评的话语不断交锋,一时间热闹非凡。"仅《文艺学习》一家刊物就收到三百多封读者来信,肯定这篇小说,甚至有发出'林震是我们的榜样'这样的呼声的。《文艺学习》的主编韦君宜是一个很会办刊物的人,这家刊物从1956年第12期到1957年第3期开辟专栏,连续四期发表了二十七篇文章,专题讨论《组织部新来的青年人》。一些更有分量、更有影响的报刊,如《人民日报》《文艺报》《中国青年报》《光明日报》《北京日报》《文汇报》等也纷纷发表评价文章。在肯定或基本肯定的文章中,有刘绍棠、从维熙的《写真实——社会主义现实主义的生命核心》,邵燕祥的《去病与苦口》等。"㉖批评的文章也不少,特别是马寒冰和李希凡,分别在1957年第2期的《文艺学习》和1957年2月9日的《文汇报》上发表了文章《准确地去表现我们时代的人物》《评王蒙〈组织部新来的青年人〉》,对这篇小说进行了上纲上线的批判。"有篇没有发表的文章必须一提,就是部队评论家马寒冰等人的文章,题为《是香花还是毒草?》,主要观点是把《组织部新来的青年人》当作毒草来批。王蒙在看到李希凡的上纲上线的文章后,感到不满,于是致信周扬,求见求谈求指示,周扬接待了王蒙,并转达了毛泽东同志的意见。从此王蒙与周扬建立了良好的关系。

二、70 年代：戴着镣铐的舞蹈

2013 年，花城出版社出版了王蒙写于 1974 年 10 月到 1978 年 8 月的长篇小说《这边风景》。这部七十余万字的小说是王蒙写于新疆、取材于新疆的作品，它在尘封了近四十年之后的出版，不仅填补了王蒙在新疆十六年写作的空白，也填补了中国当代文学在"文革"后期写作的空白。

如果把《这边风景》放置在"文革"结束前的二十七年的文学史链条上来考察，这部小说究竟与当时的作品具有怎样的关系，也许是一个很有意思的话题。"文革"结束前二十七年的小说创作主要集中在革命历史题材和现实题材两类上，而现实题材作品尤以农业合作化为最。50 年代赵树理的《三里湾》、柳青的《创业史》（第一部）、周立波的《山乡巨变》，虽然已经形成比较雷同化的人物模式和情节模式，但还是较为真实地表现了农民在走向集体化过程中的心理风貌。到了 60、70 年代的浩然的《艳阳天》《金光大道》，则明显地增加了阶级斗争等概念化的内容，显得不够真实了。但在"文革"时期，浩然的小说却是"最像小说"的小说了。王蒙在《王蒙自传·半生多事》一书中说："比较起来，我宁愿读浩然兄的《艳阳天》《金光大道》，浩然毕竟是作家，而作家与非作家并非全无区别，虽然作家都是从非作家变化而来。经过这个过程与从未有这个过程，并不相同。我喜欢他写的中农小算盘，来个客人也要丢给你一把韭菜，让你帮他择菜。我喜欢他写的京郊农民的俗话：'傻子过年看隔（应读介）壁（应读儿化与上声）。'……当然，'金光大道'就更有'帮文学'的气味了，有横下一条心，六亲（指文学艺术之'亲'）不认地豁出去了去迎合的烙印。另一方面，我看他写的英雄人物萧长春、高大泉，也为他的惨淡经营，调动出自己的全部神经与记忆，力图按要求写出有血有肉的英雄人物，力图使自己的文学才能、文学经验为上所用而摇头点头，这样的苦心使我感动，使我叹息不已。"㉗由此可见，王蒙的《这边风景》也属于这一写作序列中的一环，而且也步着浩然等"文革"流行写作的后尘。作品从1962年伊塔边民事件开始写起，一直写到"四清"运动，其人物设置、结构布局、情节模式均与以上作品类似就不难理解了。这说明王蒙并没有也不可能超越时代的局限。小说的人物设置明显分为对立的两派，以伊力哈穆为代表的正的一派和以库图库扎尔为代表的邪的一派的斗争，成为贯串全书的主要情节线索。

王蒙在酝酿写作《这边风景》时，就曾说过："我也真的考虑起写一部反映伊犁农村生活的长篇小说来。我必须找到一个契合点，能够描绘伊犁农村的风土人情，阴晴寒暑，日常生活，爱恨情仇，美丽山川，丰富多彩，特别是维吾尔族人的文化性格。同时，又要能符合政策，'政治正确'。我想来想去可以考虑写农村的'四清'，'四清'云云关键是与农村干部的贪污腐化、多吃多占、阶级阵线不清做斗争，至少前二者还是有生活依据的，什么时候都有腐化干部，什么时候也都有奉公守法艰苦奋斗的好干部。不管形势怎样发展，也不管各种说法怎么样复杂悖谬，共产党提倡清廉、道德纯洁是好事情。阶级斗争嘛，总可以编故事，……有坏事就有斗争嘛,也不难办。就这样,……我果真在'文革'的最后几年悄悄地写作起来了。"[28]在这里,王蒙最关注的还是"政治正确"的问题。为了"政治正确"不得不"主题先行"、图解概念。然而,王蒙毕竟是一个在50年代就文名大振的作家,他的成名作《组织部新来的青年人》,曾引得议论哗然。因此,王蒙不能不追求小说的艺术真实性。长期的新疆生活积累,使他十分明白原生态的生活究竟是什么样子的。于是,我们在《这边风景》里,看到了流行的先验的政治概念与原生态的生活真实纠结缠绕在一起的矛盾现象。

浓郁的伊犁边地风味,维吾尔族人民的民族风情、文化习俗,等等,在这部小说中都浓墨重彩地加以描述,成为这部小说的最为亮丽的风景线。伊犁的电线杆子都能发芽成树,乌甫尔打钐镰,以及烤肉打馕酿啤渥等维吾尔族人民的日常生活描写,既显示了王蒙作为外来者的新奇眼光,又证明了王蒙新疆十六年与维吾尔族人民同甘共苦、打成一片的对生活的熟稔而信手拈来的自信和自由。由此带来的是鲜明生动的现场感,现场感是指小说场面描写和细节描摹的功力。曾几何时,我们的小说写作现场感减弱,代之以叙述人的讲述和议论,特别自先锋小说以来,纠正了"文革"前小说过分写实的问题,想象力得以张扬,但在一定程度上削弱了小说的现场感。现场感需要深厚的生活积累,想象力如果离开了坚实的生活积累的基础,有时候会变得模糊缥缈,也就失去了小说的厚重笃实。记得作家格非在某个地方说过:"小说描写的是这个时代,所有的东西都需要你仔细地考察,而一个好的小说家必须呈现出器物以及周围的环境。……你要表现这个时代,不涉及这个时代的器物怎么得了?包括商标,当然要求写作者准确,比如你戴的是什么围巾、穿的什么衣服。书中出现的有些商标比如一些奢侈品牌我不一定用,但在日常生活中很多人会向我提及,我便会专门去了解:'这有这么重要的区别吗?'他们就会跟我介绍。器物能够反映一个时代的真实性。"[29]"也可能有人觉得这是在炫耀,我毫无这种想法,而且我已经很节制了。《红楼梦》里的器物都非常清晰,一个不漏——送了多少袍子、多少人参,都会列出来。但《红楼梦》的眼光不仅仅停留在家长里短和琐碎,它有大的关怀。"[30]格非在这里所说的表现"器物"的能力实际上就是作家处理生活经验的功力。新时期以来,我们的很多作品,特别是历史题材的小说,作者不熟悉特定历史时期的生活,也不做案头和田野工作,只是靠想象和猜测来臆想当时的生活场景,古人的生活起居、服饰器物谁人敢于细致地描摹?结果只有靠议论和讲说来搪塞敷衍,历史的生活场景成为今人假扮的木偶,作品的现场感严重失实。《这边风景》现场感之所以鲜明丰厚,正是王蒙对新疆生活经验刻骨铭心的体验之深。王蒙把这种对生活经验的深厚称为"迷失",比如在谈到曹雪芹写《红楼梦》时说:"我认为这是一个伟大的小说家在他的人生经验里、在他的艺术世界里的迷失。因为他的经验太丰富了,他的体会太丰富,他写了那么多人、那么多事,他走失在自己的人生经验里,走失在自己的艺术世界里。他的艺术世界就像一个海一样,就像一个森林一样,谁走进去都要迷失。"[31]王蒙也迷失在他的伊犁生活中,他写维吾尔族人民粉刷房屋打扫卫生,写打馕,写喝茶吃空气,写维吾尔族人见面痛哭,等等,如没有切身体验都将不可思议。

《这边风景》的现场感还体现在丰厚与鲜明生动的人物形象塑造上。小说有名有姓的人物一共八十二个，其中大部分人物都血肉丰满，栩栩如生。主人公伊力哈穆虽然略显概念化，但他与人为善、木讷厚道，从不张牙舞爪、咋咋呼呼，是一个梁生宝、萧长春式的人物；反派人物库图库扎尔精明强悍、锋芒毕露、爱出风头、口若悬河，却言行不一、虚伪而自私，是一个郭振山、马之悦式的人物；另外，里希提的质朴严厉，阿西穆的胆小怕事、谨慎保守，"翻翻子"乌甫尔的快人快语、不讲情面，穆萨的风流油滑，艾拜杜拉的正直实在，尼亚孜泡克的无赖自私，还有雪林古丽的美丽温柔、单纯善良，狄丽娜尔的泼辣，章洋的教条古板偏执，等等，都跃然纸上。这都充分说明王蒙生活在他的人物之间，他无须刻意编造，只是信手拈来就已经足够丰厚。

可以说《这边风景》重点写的就是边地人民的原生态的日常生活，但王蒙处在那个特殊年代的政治情势，他又不可能挣脱政治概念的藩篱。我们也没有理由说王蒙不是真诚地相信这些政治概念的正确性的，但原生态的日常生活又的确消解了先验的政治概念的正确性。

《这边风景》的这种矛盾叙事，实际上也不是王蒙特有的现象，而是"文革"结束前二十七年的许多作品共有的现象。"十七年"时期的几部有影响的作品"三红一创青山保林"[32]都是如此。比如杨沫的《青春之歌》，小说虽然书写的是知识分子林道静如何克服自身的小资产阶级世界观而成长为无产阶级革命分子的故事，但在小说叙事中我们处处感受到了启蒙话语与革命话语的缠绕纠结，是这两种话语压制与反压制的矛盾。林道静离家出走、从反抗包办婚姻到爱上余永泽,这与五四时期知识女青年所走的道路是完全一样的;而后离弃余永泽爱上卢嘉川,并不意味着她走向革命,而是生性浪漫渴望冒险的林道静对卢嘉川的英俊外表与其背后神秘的革命的向往;经历了狱中锻炼最后与江华的结合,表面上是林道静皈依了革命集体,而林道静的内心仍旧不甘心。也就是说,林道静并没有被彻底改造,她的内心始终处在启蒙与革命的两种话语的矛盾撕扯之中。还有宗璞的《红豆》,革命与爱情的矛盾纠结,使作品具有了深厚的人性复杂性。

我们不应该过分抬高《这边风景》的艺术价值,它只是王蒙写作链条上的一环。严格地说,它其实还是一部颇有瑕疵的作品。但是,它对我们研究王蒙、理解王蒙乃至研究"文革"创作具有重要的意义。这部作品之所以有认识的价值,正是它的这种现实主义的矛盾叙事,真实地表现出了王蒙乃至那个时代人们对待政治与生活的态度。在那个时代,王蒙通过矛盾叙事写出了生活的复杂性,这也为新时期的王蒙写作开了先河。

三、80 年代初:最先敢吃蜗牛的人

20 世纪 70 年代末开始的历史的新时期对于经历了二十多年炼狱般生活的王蒙来说,更是第二次重生。王蒙在谈到这一点时说:"都说 1976 年把四个人抓起来是第二次解放,对于我来说,其兴奋,其感触,其命运攸关、生死所系,甚至超过了第一次解放:指

的是1949年解放军席卷了全国。那一次体会的是革命的胜利，是战胜者的骄傲和欢欣。这一次体会到的却是终于绝处逢生，黑暗的地窨子里照进阳光，绝望变成了希望，困惑变成了清明，惶惶不可终日变成了每天都有盼头，更有意料得到的与意料之外的喜讯。"㉝

的确，80年代是王蒙的春天，也是他创作的喷涌期。这个时候，王蒙一边坚持着现实主义的创作，写下了《向春晖》（《新疆文艺》，1978年第1期）、《队长、书记、野猫和半截筷子的故事》（《人民文学》，1978年第5期）、《最宝贵的》（《作品》，1978年第7期）、《光明》（《上海文学》，1978年第12期）、《悠悠寸草心》（《上海文学》，1979年第9期）等；另一方面王蒙也在进行着被称为"意识流"小说的新的文体实验，创作了《布礼》（《当代》，1979年第4期）、《夜的眼》（《光明日报》，1979年10月21日）、《春之声》（《人民文学》，1980年第5期）、《风筝飘带》（《北京文学》，1980年第5期）、《海的梦》（《上海文学》，1980年第6期）、《蝴蝶》（《十月》，1980年第4期）、《杂色》（《收获》，1981年第3期）、《相见时难》（《十月》，1982年第2期）等。特别是后者，为王蒙赢得了巨大的声誉，王蒙俨然成为当时中国文坛最具探索精神的作家。作家刘心武称王蒙是最先敢吃蜗牛的人，㉞主要就是对王蒙探索精神的肯定。

王蒙在80年代初的这些探索小说，如果从题材内容角度来看，仍然可以划归反思文学的范畴，但王蒙也有自己的特点。1979年发表的《布礼》是王蒙最早使用心理放射结构来创作的中篇小说，小说中的主人公钟亦成是一个被冤屈、被残酷迫害的少年布尔什维克，1957年被打成"右派"，"文革"中备受凌辱，然而他坚守信念、矢志不移，始终不忘"致以布尔什维克的敬礼"，是一个又忠又诚的人物。这篇作品具有明显的自传性质。1980年，王蒙发表中篇小说《蝴蝶》，小说的主人公张思远由小石头—张指导员—张主任—张书记—老张头—张副部长的人生演变轨迹，串联起共和国风云变幻的政治洋流，蝴蝶取"庄生梦蝶"的意思，反思了失去有效监督的权力异化的问题。1981年王蒙发表中篇小说《杂色》，这是一篇具有重要象征意义的作品。被打成"右派"的落魄音乐家曹千里骑着一匹杂灰色老马去统计一个什么数字，在路上遇到各色事物，由于作品把空间与时间一一对应，通过空间的时间化，从而使曹千里与杂灰色老马在路上走的简单行为变成了知识分子人生道路的隐喻。王蒙1982年发表的《相见时难》，描写了美籍华人蓝佩玉在80年代初回国参加父亲蓝立文教授的平反追悼会，与三十多年前的战友革命者翁式含相见的情景。蓝佩玉当年由地下党员翁式含负责联系，阴差阳错之下，她错过了联系的时间，从此改变了一生的命运。蓝佩玉出国成为著名的海外学者，80年代回国成为座上宾，这使得负责外事工作的翁式含的内心颇为复杂，昔日的"逃兵"如今成为座上客，世道浮沉，造化弄人，真真是一言难尽。这篇小说传达出王蒙深沉的沧桑感和命运感。蓝佩玉与翁式含跨越时空的这场相见，实在是"相见时难别亦难，东风无力百花残"。写于这个时期的短篇小说诸如《夜的眼》《春之声》《海的梦》《风筝飘带》等，在思想意蕴上都表现出机智的王蒙对时代变化的感悟和迅速反应。

对话王蒙：立体复合思维中的历史还原与反思

小说发表以后，产生了广泛影响，许多评论都从两个方面对王蒙进行高度评价，一是从思想内容上称王蒙具有"少共情结"，二是从艺术形式上认为王蒙进行了"意识流"的探索。对于这两者，王蒙其实并不完全认同。特别是关于"少共情结"的说法，王蒙曾直接予以否定，王蒙在回复李子云的信时，说："您太偏爱'少共'了，于是您把'坚实的乐观自信''实事求是恰如其分地表现出生活的全部复杂性'也归纳到'少共'精神或'少共'精神的发展上去，您把佳原，把缪可言，甚至把冬冬不当'高干子弟'也归结到'少共'上去，您不觉得有点儿勉强吗？……"㉟王蒙之所以否认"少共"的说法，主要是要说明经历了二十多年聚与教训的王蒙，已经完全不是原来的自己了，王蒙说："是的，四十六岁的作者已经比二十一岁的作者复杂多了，虽然对于那些消极的东西我也表现了尖酸刻薄、冷嘲热讽，但是，我已经懂得了'凡存在的都是合理的'的道理。懂得了讲'费厄泼赖'，讲恕道，讲宽容和耐心，讲安定团结。尖酸刻薄后面我有温情，冷嘲热讽后面我有谅解，痛心疾首后面我仍然满怀热忱地期待着。我还懂得了人不能没有理想，但理想不能一下子变成现实，懂得了用小说干预生活毕竟比脚踏实地地去改变生活容易。所以我写小说的时候，比起用小说揭露矛盾、推动社会政治问题的解决，我更着眼于给读者以启迪、鼓舞和安慰。所以，在《布礼》《蝴蝶》里，我虽然写了一些悲剧性的事情，却不想、也几乎没有谴责什么人。"㊱这说明，"归来"的王蒙，成熟了、皮实了、现实得多了。王蒙的这一态度同当时主流意识形态的逐渐务实的方针基本合拍。正是在务实渐进、坚持既定理想又向前看诸方面王蒙得到了主流意识形态的青睐。在王蒙的小说里，虽然有批判、有暴露，但更多的是温和、合作，是改良，是宽容，是建设。王蒙说："我选择了建设，我相信我们的多灾多难的祖国，……有权利要求知识分子帮着他们搞点儿建设……"[37] 笔者在对王蒙的私下访谈中，王蒙多次提到他喜欢整合性的思维方式，特别欣赏他的老乡张之洞的十六字箴言："启沃君心，恪守臣节，厉行新政，不悖旧章。"王蒙说："启沃是对上作宣传启蒙。恪守是讲纪律讲秩序。厉行是志在改革，向前看，一往无前。不悖是减少阻力，保持稳定……"[38] 这种整合的思维方式，实际上就是一种文化上的改良主义，我称之为"后革命时期的建设者身份认同"。[39] 这种身份认同使王蒙摒弃了激进主义而选择改良主义。由此看来，王蒙80年代初期的小说主要是要写出生活的复杂性，一方面，王蒙显然是执着于理想和信念的，另一方面，王蒙又对这一理想和信念的独断色彩进行了必要的反思。"二十多年的时间没有白过，二十多年的学费并没有白交。当我们再次理直气壮地向党的战士致以布尔什维克的战斗敬礼的时候，我们已经不是孩子了，我们已经深沉得多、老练得多了，我们懂得了忧患和艰难，我们更懂得了战胜这忧患和艰难的喜悦和价值。而且，我们的国家，我们的人民，我们的伟大、光荣、正确的党也都深沉得多、老练得多，无可估量地成熟和聪明得多了。"[40] 这里的深沉、老练、成熟和聪明实际上就是"现实"得多了，这是一种由激情燃烧的岁月向平淡的历史常态的过渡。如果说，《布礼》在意识层面体现的是对理想与信念的近乎情绪化的执着，而在无意识中则表达了对理想绝对化的反思,那么,《蝴蝶》则在意识层面更侧重于对理想信念的理性反省。张思远显然是作为理想的化身而出现在共和国的历史幕布上的。"海云"们对他的崇拜,正是人民对党的崇拜,对理想和信念的崇拜。然而也正是这崇拜,使得"张思远"们更加膨胀起来,他们愈发觉得自己成了救世主,从而使理想变了味。《蝴蝶》的深刻之处就在于,它不仅写出了使理想变味的主观因素,而且写出了客观的因素。

相对于思想上的新意,评论界更加关注王蒙在艺术形式上的创新。"意识流"的说法,是当时人们对王蒙的普遍的印象。对王蒙的这种印象主要来自读者的反应,在当时的读者中实际上存在着两种态度四种意见:一种态度是赞扬的,另一种态度是批评的。在赞扬的态度中有三种意见。第一种意见是更年轻一代对王蒙"意识流"的极力推崇,认为王蒙就是中国意识流小说的代表。比如,1979年年末,厦门大学中文系的田力维、叶之桦代表自己的同学写信给王蒙,就意识流问题向王蒙请教,信中说:"您的作品《夜的眼》在《光明日报》发表后,我们厦门大学中文系的同学争相传阅,许多人喜欢您的这篇小说;也有些人说看不懂,不知主题是什么。我们想,这是因为您采取了一种新的表现手法——意识流。不了解意识流方法特点的人,有时就不太容易了解作品的含意,或看不懂,或把作品思想看得过于简单。我们认为你有意识地运用了外国文学中这一现代派的表现手法。我们对你的这一尝试的勇气很钦佩,并觉得你取得了很大的成功,你可以算是三年来最早敢于在文学领域中,标艺术手法之新的作家之一。"[41] 第二种意见是一些与王蒙年龄相当的评论家,他们在肯定王蒙的创新的同时,却在极力否定王蒙与西方意识流小说的关系。比如何西来在一篇文章中就说过:"我不赞成把王蒙的六篇小说称为意识流小说。他着重写主观的感情、情绪,他的运用跳跃变换的联想手法,以至作品的某些朦胧的意境,虽说不无西方意识流小说的影响,但更多的恐怕还是深受本民族文学的影响。首先,鲁迅《野草》的散文诗的意境和手法,就给过他不少陶冶。这从1963年他写的长篇论文《〈雪〉的联想》中就可以看出来。他对《野草》是进行过深入系统的研究的。……另外,还应当看到李商隐的那种迷离、晦涩,然而很凄婉、很美丽的意境对王蒙的影响。这样就容易理解他为什么会把鲁迅的《野草》、李商隐的无题诗都干脆说成是意识流的篇什了。然而,这里的'意识流'已经是一种很宽泛的手法了。有人根据王蒙的探索,得出了轻视以至否定民族传统的极端结论,其实是并不符合王蒙实际的,而且也一定不是王蒙的本意。"㊷阎纲也说:"王蒙的小说不是西方的'意识流'。我以为把王蒙的小说同西方'意识流'区别开来具有根本性的意义。……西方'意识流'并不像个别同志描绘的那样,似乎他比我们的'土'玩意儿高明、好玩得多,好像我们的王蒙在东施效颦,步洋人的后尘。误会!"㊸王蒙本人对"意识流"的态度也很微妙。他在许多场合不承认自己写的就是意识流小说。比如,1980年在一个"王蒙创作讨论会"上的发言中王蒙说:"至于给这些感觉扣上什么帽子,这种感觉是不是'意识流'?对不起,我也闹不清什么叫'意识流'。有人说,你这不叫'意识流',就叫'生活流'。这也请便。还有的同志是因为对我怀有好意,认为'意识流'是一个屎盆子,说王蒙写的小说可绝不是'意识流',写的是我们的生活。好像谁要说'意识流',就准备和他决战。这我也谢谢。"[44]王蒙在另一篇文章中说:"去年我被某些人视为'意识流'在中国的代理人。由于自己对'意识流'为何物并不甚了了,所以也不敢断定自己究竟'流'到了何种程度,'流'向了何方,是不是很时髦,是不是一出悲喜剧,以及是丰富了还是违背了现实主义……至于把我的近作仅仅归结为'意识流',只能使我对这种皮相的判断感到悲凉。"[45]而在一些场合王蒙却又有条件地承认受到"意识流"的影响。在《关于"意识流"的通信》一文中,王蒙说:"我也承认我前些时候读了些外国的'意识流'小说。"[46]第一种意见与第二种意见相似或者是一种折中,就是把王蒙的"意识流"称为"东方意识流"。[47]而在批评王蒙的态度中,一般认为王蒙的小说由于学习了西方"意识流",故而看不懂。比如有论者认为:"王蒙目前的探索,与成功之间还有很大一段距离。说王蒙正在误入歧途,固然未免武断;说王蒙所借鉴的意识流方法,是当前小说创作的方向,也实在难于服人。"[48]在这里体现的是在时代转折时期的读者群体的分化。一方面,改革开放,向西方学习已经成为时代潮流;另一方面,我们的主流意识形态仍然是相对保守的。这里有一个突破主流限制和固守主流限制的冲突。年轻的一代较少顾虑,他们对西方的现代派是不加选择的激赏,因而他们对王蒙小说中的"意识流"指认是直捷的、欣赏的;而中青年读者(包括评论家),渴望突破、渴望创新是他们的内在需要,他们急于把王蒙与西方"意识流"择清。同时他们对西方现代派的态度也是充满矛盾的,那是一种既钦慕又害怕的心理。"东方意识流"的说法,在某种意义上体现的同样是西方中心主义的立场。把王蒙作为"意识流"而加以批评的一些读者,他们的阅读经验体现的正是主流意识形态的态度。

那么,王蒙究竟与西方意识流小说有什么关系呢?我觉得,断然否定西方"意识流"对王蒙的影响是不客观的,王蒙自己也说:"我承认我前些时候读了一些外国的'意识流'小说,有许多作品读后和你们的感觉一样,叫人头脑发昏,我当然不能接受和照搬那种病态的、变态的、神秘的或者是孤独的心理状态。但它给我一点启发:写人的感觉。"[49]可见,"意识流"对王蒙的影响主要是一种思潮式的、方法论的影响和启发。西方意识流小说是一种流派,不是简单的技巧,这从"意识流"(stream of consciousness)一词的发现者美国哲学家兼心理学家威廉·詹姆斯对"意识流"一词的定义中就可以看出来,威廉·詹姆斯认为:"意识在它自己看来并非是许多截成一段一段的碎片。乍看起来,似乎可以用'链条'或'系列'之类字眼来描述它,其实,这是不恰当的。意识并不是一节一节地拼起来的。用'河'或者'流'这样的比喻来描述它才说得上是恰如其分。此后再谈到它的时候,我们就称它为思维流、意识流或主观生活之流吧。"[50]威廉·詹姆斯认为,意识流也像鸟的生活一样,是由飞行和栖息的交替构成的:"我们可以把意识流中的栖息之所称为'实体部分',把飞行过程称为'过渡部分'。我们思维的主要目的在任何时刻似乎都是要从我们刚刚有过的实体部分出发获致另一个实体部分。可以说,过渡部分的主要作用正是要把我们从一个实体部分的终结引渡到另一个实体部分的终结去。"[51]在这里，威廉·詹姆斯所谈的正是人的意识的一种普遍现象。因此，"意识流"被引入文学领域之后，它不是技巧，而是被描写的对象。美国文学理论家汉弗莱认为："我们不妨设想，意识不但形同冰山，而且它本身便是一座完整的冰山，而不是露出水面的那一小部分。照此推论，意识流小说主要关心的则是水面下那一部分冰山。"[52]"从意识的这个概念出发，我们不妨给意识流小说下这样的定义：意识流小说是以发掘意识的语前层次为基本重点的小说，其主要目的在于揭示人物的精神存在。"[53]既然"意识流"小说中的"意识流"是内容而不是技巧，那么这一内容有何特点呢？奥尔巴赫在《模仿》一书中认为："意识流"就是"对处于无目的，也不受明确主题或思维引导的自由状态中的思想过程加以自然的，可以说自然主义的表现。"[54]由此可见，"意识流"小说中的"意识流"主要是潜意识，这种意识深受柏格森直觉主义和弗洛伊德潜意识理论的影响，作品的基本倾向是非理性的。被称为经典意识流小说的普鲁斯特的《追忆似水年华》、伍尔夫的《墙上的斑点》《达洛卫夫人》《到灯塔去》、乔伊斯的《尤利西斯》、福克纳的《喧哗与骚动》等作品，就是如此。即便是这些经典作品，绝对的、通篇都在"意识流"之中的也不多见。他们也采用了诸如内心独白、自由联想、象征暗示等手法，而这些手法并不等于"意识流"，只有当自由联想呈现为非理性的、无逻辑的、自动化状态的时候，才是"意识流"。因此，王蒙与西方"意识流"的区别是根本的。王蒙的《春之声》与伍尔夫的短篇小说《墙上的斑点》很相似，但这种相似只是外在的。王蒙的《春之声》明显地有一个现实情节链条的框框，在这个情节链条的框架中，岳之峰由买票坐车观察到下车都表明他是社会中的人，可见触发联想的小说的触发点是有意义的社会行为；而伍尔夫的《墙上的斑点》在现实层面只有一个斑点，从这个斑点到弄清楚斑点是一只蜗牛，叙述者始终坐在椅子上，没有任何行动、故事和情节，而这个斑点并没有意义，它只是一个触发点，小说着重表现的只有信马由缰的联想。在我国真正称得上是意识流小说的是20世纪30年代的"新感觉派"如施蛰存、穆时英、刘呐鸥等人的作品，把王蒙小说叫作"意识流"实在是时代的一种误读。既然如此，我们没有必要把王蒙的小说叫作"意识流"。所谓"东方意识流"的说法也没有道理，按照这种说法，王蒙的"意识流"是西方意识流技巧加中国的审美习惯，"是中国习惯审美方式与西方新表现技法的结合，是现实主义题旨与现代主义表现的结合，是物与我、内与外、形与神的融和汇合"[59]。这种观点看似公允，实则什么也没说，它没有深入王蒙小说的文体肌理中去，而从文体的角度看，王蒙小说采用的正是自由联想的方式，这种联想正如我在上面所说的，不是潜意识的、无目的、无逻辑的自由联想，而是有理性、有逻辑的联想，这种有理性的联想，表现的是作家记忆中的事物，而记忆中的事物在根本上也是属于经验中的，只是由于经过心灵的过滤，而使时序颠倒，具有了感觉化、情绪化的特点。

作为自由联想体，王蒙的小说与我国传统文学的渊源关系更亲密。对此，何西来的观点是有道理的。我觉得，我国传统文学中的超拔的想象力对王蒙的影响是直接的。这不仅包括了浪漫主义文学传统，如庄子、屈原、李白、李商隐等，还包括了现实主义文学传统，如《诗经》以来的"比兴"，《红楼梦》、鲁迅的作品中的联想等方法。对庄子的喜爱在王蒙而言是明显的，他小说的题目"蝴蝶""逍遥游"等都明确地表示出这一点。王蒙在20世纪90年代初潜心研究李商隐和《红楼梦》。20世纪60年代初，王蒙专门撰写论文《〈雪〉的联想》，对鲁迅作品中的联想进行了颇有见地的分析。这些研究文章和著作，可以雄辩地证明传统对王蒙的深入骨髓的影响。在对李商隐的《锦瑟》及无题诗的研究文章中，王蒙多次提到联想，王蒙说："'庄生晓梦迷蝴蝶，望帝春心托杜鹃'，只要对典故稍加解释，这两句便于明丽中见感情的缠绕，并不费解。典故可以是谜语，就是说另有谜底，也可以不是谜语，就是说无另外的谜底，只是联想，只是触发，触景生情，触今思（典）故，那么，引用典故便是一种'故国神游'，是今与古的一种契合，是李商隐与庄周、与望帝之共鸣与对话，李商隐有庄生之梦、庄生之迷、庄生之不知身为何之失落感，又有望帝之心、望帝之托、望帝之死而无已的执着劲儿。"⑯在谈到李商隐的诗为何具有朦胧性时，王蒙认为："从结构上看则是它的跳跃性，跨越性，纵横性。由锦瑟而弦柱，自是切近。由弦柱而华年，便是跳了一大步，这个蒙太奇的具象与抽象，物器与时间（而且是过往的、一去不复返的时间），有端（瑟、弦、柱都是有端的，当然）与无端之间的反差很大，只靠一个'思'字联结。然后庄生望帝，跳到了互不相关的两个人物两段掌故上去了。仍然是思出来，神思出来的，故事神游游出来的。游就是流，神游就是精神流、心理流，包括意识流。"⑰由于这种思,由于这种联想,在形式层面就是"打破时空界限",因此王蒙不无感慨地说:"近十余年谈文学新潮什么的,或曰'打破时空界限'之类,其实,我们老祖宗压根儿就没让具体的、现实的时空把自己围住。"[58]在这里,王蒙对李商隐的解读,实际上也是对自己创作经验的总结。在《〈雪〉的联想》一文中,王蒙给"联想"下了一个定义:"联想,从心理学的意义上说,是一种介于再造想象与创造想象之间的反映过程,是从某种表象创新结合为另一种表象。在文学欣赏(乃至创造)中,是思想从一个对象到另一个对象的过渡:前一个对象往往是具体的、比较简单明白的,或者是自然界的,后一个对象却往往是更有普遍意义的、比较复杂甚至不那么完全确定的、社会的。"[59]从这一定义可以看出,王蒙所说的联想实际上就是我国传统文学中的"兴"体。王蒙说:"《雪》这篇文字(类似的还有《秋夜》等),比较接近于我国古代所说的'兴'体,'兴者起也',用现代的话说,也就是联想。"[60]在这里王蒙把联想与"兴"体联系在一起,是颇有眼光的,他为联想(自由联想体)找到了文体渊源。

四、80年代中期:审父与自审

1983年二儿子王石患了忧郁症,这使王蒙处于极大的痛苦中。"没有比心理方面、精神方面的疾患更让人痛苦的了。生命,灵性,自觉,情感以及思想,原来可以使人承担这样多的痛苦。"[61]"我没有办法,我束手无策。我只能一次又一次地去医院,排队、挂号、找大夫，我倾听分析，我查询药物。我心惊肉跳，必须防止意外。我反省是不是自己在他的童年时代没有能尽心尽力地照顾好他的生长发育。我想知道他的这二十几年都经历了哪些压抑，哪些刺激，哪些折磨，而我到底能做些什么解除他的痛苦……"[62]1984年，王蒙带着逐渐好转的儿子到武汉，住在东湖宾馆，儿子的病触动了王蒙自己的痛苦的童年记忆，他决定以童年经验为基础写一部长篇小说，这就是长篇小说《活动变人形》的酝酿与诞生。1985年春天，在进行了一番准备之后，王蒙到北京西郊的西峰寺开始了《活动变人形》的写作。小说最初命名为《空屋》，后又想命名为《报应》，最终定名为《活动变人形》。该小说最早发表于《收获》1985年第5期，《当代》1986年第3期转载，1987年3月人民文学出版社出版单行本。

小说启动了王蒙痛苦的童年经验和家族记忆。作家自言，这是一部写得最痛苦的书。痛苦就痛苦在这是一部刻骨铭心的自身生命体验的书。小说中的人物基本上都有着原型，倪吾诚之于王蒙的父亲王锦第，姜静珍之于姨母董芝兰，姜静宜之于母亲董毓兰，倪藻之于王蒙自己……从《王蒙自传》里，我们甚至都可以找到一一对应的痕迹。然而，小说毕竟是小说，王蒙在处理这一自传性、纪实性极强的题材时，可谓颇具匠心。小说叙述的起点安排在1980年代的西方，叙述视点则是作为主人公倪吾诚的儿辈——语言学教授倪藻。这样的一个叙述视点和叙述时空，就把故事放置在中西文化交汇的80年代，由子一辈来讲述、观察、审视自近代以来的父一辈知识分子的生活史和心灵史，从而使作品具有了广泛的典型意义。小说中的倪吾诚显然是中国老一代知识分子的典型形象。倪吾诚出生于旧中国的一个穷乡僻壤，他的祖父曾是参加过"公车上书"的清朝举人，性情激进，精神特异，倪吾诚的伯父还是一个疯子，作为遗腹子的倪吾诚，继承了祖父的维新激进思想，天生"邪祟"，颇不安分。母亲用对付丈夫的手段，教会了儿子抽大烟和手淫，试图以此消磨他的意志使其苟活在人世。然而，倪吾诚不愿苟活，他砸了烟枪，赶走了鬼混的表哥，毅然决然地走出了陶村，走进了城市，甚至走向了世界（留学欧洲），不过，他高大身躯下的那麻秆式的罗圈腿，也象征着中国老一代知识分子的先天不足。小说相当残酷地描写了倪吾诚蹉跎一生、一事无成的遭遇，描写了他挣扎在与三个女人的无休止的家庭战争中而不能自拔的悲剧。他留学欧美，对西方文明充满向往，对传统陋习厌恶至极。然而他对西方文明的理解只是皮毛。他热爱科学，但也仅仅局限于为孩子买鱼肝油和寒暑表、嘱咐孩子刷牙洗澡上。他生活在"应该"里，却没有行动的能力。他甚至不能改变自己同三个女人的关系。四十多岁他还认为自己的百分之九十五的潜力没有发挥出来，七十多岁了仍认为自己的黄金时代还没有开始。倪吾诚的典型意义就在于，他相当有代表性地表现出中国20世纪知识分子在西方文明与传统文明夹缝中的处境，表现出那些耽于幻想而讷于行动的知识分子的痛苦与可笑人生，从而对脱离现实的理想主义的空幻性给予必要的反讽。

很显然，王蒙通过倪藻在对特定时期的一类知识分子进行审视。刘心武称之为"审父意识"。其实，王蒙不仅在审父，也在自我审视。小说续集第五章写到倪藻拜访一个一个的朋友，这些朋友其实也是一个一个的倪吾诚,知识分子的劣根性与什么样的社会制度其实没有多大的关系。王蒙说:"然而我毕竟审判了国人、父辈、故乡、我家和我自己。我告诉了你们,普普通通的人可以互相隔膜到什么程度,误解到什么程度,嫉恨到什么程度,相互伤害和碾轧到什么程度。我起诉了每一个人,你们是多么丑恶,多么罪孽,多么愚蠢,多么不幸,多么令人悲伤!我最后宣布赦免了他们,并且为他们大哭一场。"㊽

五、90年代以来:为共和国存照的"季节"系列小说

1990年初冬,王蒙出席了由上海文艺出版社召集的长篇小说座谈会,就是在此次会议上,王蒙决定"写一部一个人的个人的中华人民共和国编年史,……这,就是此后'季节'系列的由来,也是自传三部曲的由来"㊾。"季节"系列主要包括《恋爱的季节》《失态的季节》《踌躇的季节》《狂欢的季节》,实际上还有《青狐》。1991年王蒙正式开始写作《恋爱的季节》,1992年发表于《花城》第5、6期合刊,1993年4月由人民文学出版社出版单行本。《恋爱的季节》从某种意义上说可以看作是对《青春万岁》的一次"重写"。所谓"重写",是说历尽劫波后的王蒙开始自觉地审视反思50年代的理想主义的历史。小说既真实地再现了共和国初期一代青年人热烈、纯真、激情、昂扬的理想主义精神风貌,同时也没有回避理想主义激情背后的狂热、极端、简单、粗暴等弊害,从而客观地全景式地记录了50年代的历史。在一个理想主义的时代,

日常生活往往被看作庸俗、平凡、无意义而与理想主义相龃龉,于是,我们看到了诸如周碧云与舒亦冰、满莎,赵林与林娜娜,洪嘉与朱生厚、鲁若,祝正鸿与束玫香,李意与袁素华,钱文与吕琳琳、叶冬菊……的恋爱风波及情感纠葛。高挑美丽的周碧云本来与高大英俊的舒亦冰是一对恋人,但由于舒亦冰缠绵悱恻的小资产阶级情调与高歌猛进的时代精神的格格不入,周碧云倾心于身材矮小而激情澎湃的满莎,他们闪电般地进入恋爱并步入婚姻的殿堂,也预示着理想主义自身的危机。当高大的周碧云把矮小的满莎拥抱入怀,当舒亦冰与满莎在婚礼上相见,两人的对比,实在给人以喜剧的感觉:"一个高,一个矮。一个黑,一个白。一个忧郁,一个欢笑。一个熟悉,一个陌生。他们的差别实在是太大了。他们的会面握手给大家以幽默的感觉。"这是时代的喜剧,当狂热退却,生活趋于日常的时候,这种悖谬、不协调、分裂,甚至是荒诞的感觉就会如期而至。周碧云终于明白了自己真正爱的人不是满莎而是舒亦冰,当她不顾一切地声明自己的这一心声的时候,已经为时已晚。她只能在"我——无聊"中度日,甚至还发生了与凌涵栋的偷情事件。

生活的过分政治化,是这个时代年轻人的共有特征。政治化渗透进他们生活的方方面面,诸如穿衣打扮、起名字、动辄写血书……甚至去厕所也要集体行动。洪嘉爱上英雄朱生厚,有一种悲壮的、崇高的、献祭的精神;钱文痛恨自己的名字不够革命,"甚至钱文也试图给自己起个好名字,特别是起个好姓,姓钱,这简直是腐朽,干脆是反动!"。然而过分政治化的生活遭遇日常、琐碎与个人私情的时候，显露出巨大的破绽也就不足为奇了。然而，王蒙没有随意贬低那个时代，他的总体基调仍然是歌唱："这真是一个恋爱的季节，浪漫的季节，唱歌的季节么？哪里都是爱情，到处都是爱情，人人都是爱情。爱情的幸福就这样容易地降临到每一个人的额头上。获得信念，获得爱情，获得无玷的理想和幸福，似乎比捡拾一片树叶还容易。这是何等光明的岁月！到处是光明，心底是一片光明。除了光明光明光明还是光明！能够这样度过自己的青年时代，能够这样度哪怕是一年、一个月，或者一个星期，就已经值得羡慕了！"在《王蒙自传》里，王蒙谈到《恋爱的季节》时说："那是新中国的童年时期，难免革命的幼稚，'解放'的幼稚。如果仅仅是幼稚，就与一个儿童的幼稚、生手的幼稚、突变后的幼稚一样，不应该受到嘲笑。不受嘲笑，但是必须正视，必须及时超越，及时前进，及时摆脱浅薄的牛皮与自说自话，更摆脱孤立与封闭，愚昧与无智无知。在我看一些港台与海外影片时，包括从凤凰电影台看到的片子，看到个别影片描写大陆，一个女青年夸张地，应该说是丑态百出地表演着豪言壮语的诗朗诵，我对这样的描写颇觉反感。同样看到把激情燃烧的岁月简单表现成野蛮专横的日子，也不敢苟同。革命的凯歌行进、大快人心都不是表演，不是朗诵而是历史的真实。问题在于，治国安邦，光靠朗诵的热烈与动作夸张是远远不够的，滥用热情是可笑的也是罪过的。同时，人就是人，人还是人，革命再伟大，胜利再辉煌，弱点仍然是弱点，失误仍然是失误，中国仍然是中国。孰能无过？孰能免祸？孰能不坚持过错，孰能不自寻大祸？谁醒悟得早，谁早早走上实事求是的大治之路。

而只知道恶意糟蹋,也就丧失了对中国大陆的了解的起码客观性与自身的影响力、说服力。"[65]

1994年10月,人民文学出版社出版了"季节"系列第二部《失态的季节》。这部作品主要写了1957年反右运动和50年代末到60年代初"右派"们在"劳动改造"过程中的种种"失态"的表现。

1997年10月,"季节"系列第三部《踌躇的季节》由人民文学出版社出版单行本。这部小说写的是20世纪60年代初期,"右派"摘帽回城后的生活与心态。

2000年,"季节"系列第四部《狂欢的季节》载于《当代》第2期,5月由人民文学出版社出版单行本。该"季节"写来到新疆后的钱文在"文革"中的遭际。

2004年1月,《青狐》由人民文学出版社出版单行本。小说接续前"四个季节",以钱文的视角描摹了80年代初期文艺界各色人等的生活,因而也被称为"后季节"系列。小说以青狐作为结构的核心,既增添了人物的传奇色彩,也加强了小说的故事性。青狐原名叫卢倩姑,本来是一个很普通的女人,她命运多舛、年少丧父、婚姻失败,两任丈夫均死于非命,因此她被视为克夫的白虎星。在百般挫折之后,卢倩姑转向文学创作,因小说《阿珍》一炮走红,从此走上文坛,成为著名的作家青狐。青狐的倩姑—青姑—青狐的演变过程,具有重要的象征意义,它是80年代作家们由另类公民到一般公民再到"高级"公民的"成精"的过程,也恰恰反映了80年代由封闭到开放、由禁锢到自由的时代变迁中的知识分子精神亢奋的历程。青狐是一个理想主义者,文学是现实匮乏的一种补偿，她在作品中所描写的爱情，都是现实生活中不可能实现的白日梦。青狐的文学发迹史、传奇史，正是理想主义在80年代的亢奋史。王蒙以犀利的语言，以反讽的语调，反省了极端理想主义在80年代的高蹈与空洞。支持青狐并命名了青狐的理论家杨巨艇，更是一个凌虚蹈空、大言炎炎、高度亢奋而实际无能的80年代知识分子的另一代表，号称"阳具挺"（杨巨艇），实则"性无能"，他与青狐的恋爱只能是精神性的。而米其南则是另一种知识分子的代表，他刚刚抖掉满身的伤痕，便高度放纵情欲，极端追求欲望的满足。

总之，"季节"系列以个人的最感性的生命体验，记录了共和国成立以来近半个世纪的历史，王蒙"为共和国存照"的雄心完满实现，随着时间的延续，"季节"系列的认识价值与文学价值也愈来愈珍贵。

六、另一套笔墨：讽喻性寓言体小说

王蒙是一个多面手，他的学术研究，他的文学批评，他的旧体诗和新体诗，自不必说，就是小说创作也还是有着另一套笔墨的。同以上小说多以王蒙个人的自传性视角介入历史不同，在这另一套笔墨的小说中，则是智者王蒙对社会、对政治、对世态风情的洞明和穿透。我把这种小说称为讽喻性寓言体小说。这类小说的一个突出特点就是智性视角，这是一种全知视角，不过这个全知视角的发出者始终是作为一个站在作品外面冷静观察的智者形象而呈现出来的，人情的练达和世事的洞明，使他的观察总是那样机智、犀利、洞幽烛微。

1980年写作的《说客盈门》是王蒙采用传统相声手法来尝试进行这种讽喻性寓言体小说写作的开端。写于1982年7月的《莫须有事件——荒唐的游戏》和1983年2月的《风息浪止》则要放得开得多。前者假托医界，后者则干脆安排在宣传部门；前者写医学新星周丽珠与诈骗"新秀"王大壮之间的较量，这一较量以周丽珠的惨败而告终；后者通过金秀梅被人为树为"五讲四美"先进典型之后的遭遇，对形式主义、官僚主义作风给予辛辣的嘲讽，同时对人与人之间的嫉妒、猜疑等劣根性也予以无情的揭露。

以后的这类小说基本按照这样的模式叙述，其视角都是这种全知式的智性视角。无论是《加拿大的月亮》[66]还是《名医梁有志传奇》《球星奇遇记》《郑重的故事》《满涨的靓汤》等都是如此，唯有例外的是《坚硬的稀粥》。这篇写于1989年初在90年代引起轩然大波的小说，采用的是第一人称叙述视角。叙述人"我"是中年人，讲述一个四世同堂之家"膳食改革"的故事。这样一个讲述者的选择是充满意味的。在中国文化中，"老年文化"与"青年文化"的冲突是经常发生的，五四时期是"青年文化"对"老年文化"的一次声势浩大的冲击，但在一般情况下，"青年文化"是被"老年文化"压抑着的，在这种情势中的"中年文化"只能是一种过渡的中立的文化。中年人较之于青年人，缺少了激情和闯劲，却克服了青年人的幼稚和狂热，中年人较之于老年人缺少的是经验和对人事沧桑的透悟，但有时也较少固执与保守，因此以中年人为视角则比较客观。

从叙述人"我"的态度和倾向性来看,这个叙述人与王蒙比较接近。作为智者的王蒙的视角仍然高悬在作品中。

王蒙的这一类小说不同于前面小说的地方,就在于它的艺术结构上的"传统"性。这些小说基本可以称为情节小说。它的基本模式主要是围绕一个中心事件展开叙述:开端、发展、高潮、结局每一个环节都不少,因此,阅读这类小说读者不会感到疲劳。但是这类小说又不是传统意义上的写实小说,它所写的事件往往具有很大的荒诞性,荒诞的人和事,使阅读又产生一定的阻隔。从这一意义上说,这类小说又是很"现代"的。"现代"意味着作者不追求外在的逼真性,而是追求一种内在的精神真实性,在外在的荒诞、变形中,凸现的是世态人情的本真状态。

对于王蒙来说,生活的荒诞、世态的荒诞等比任何人都体会得要深。然而,王蒙没有把其归结为世界的荒诞,只是提取局部的事件的荒诞,只是采用荒诞的手法,这再一次证明王蒙世界观中的矛盾。在理智上把生活看成整体上的有理性、有秩序,而又在局部上、感觉上觉察出生活本身的非理性、荒诞化,这是王蒙永远解决不了的矛盾。王蒙永远徘徊在理智与感觉、理想与现实之间。他的幽默是温暖的,他的调侃是有节制的,对事不对人的策略,使他的讽喻对象没有坏人,当他嘲讽一个人时,总是留有余地,总是要站在被嘲讽者的处境上为他考虑。王大壮也有他的合理性(《莫须有事件——荒唐的游戏》),老爷子并不保守(《坚硬的稀粥》),朱慎独也不是首鼠两端的小人(《冬天的话题》),恩特是无辜的(《球星奇遇记》)。这说明,王蒙所针对的主要不是人性中的与生俱来的恶,相反他倒是为每一个人都留有了余地;他也没有对整个世界产生绝望,王蒙所侧重的是世态人情中的人际关系。

《满涨的靓汤》是一篇充满老庄哲学的寓言化文本。李先生被董事长汤公赏光吃饭,李先生好不受宠若惊。然而宴席上却并无一物,尤其是那一道巨煲汤,据说是"诸肉诸骨诸海鲜诸山珍诸药材诸果诸蔬诸粮诸豆诸调料诸虫诸菌诸维生素诸矿物质诸基本元素钙铁磷铬钼硒锰铜碘醋……"煲成,有延年益寿、滋阴壮阳之神功,然而,豪华的巨煲却打不开。李生一顿饭下来,并未吃到一菜一饭,也未喝到一汤一酒。李生百思不得其解,乃至精神分裂,不仅丢掉了工作,而且老婆也离他而去。病愈后的李生终于悟到了汤公之汤的奥秘:"汤非汤。汤非非汤。汤有汤,汤无有汤,汤无无汤。靓即是丑,丑即是靓,靓自非丑,非非丑,非靓,非非靓。0即是圆,圆即是0。有就是没有,没有就是什么都有。无为而无不为,无汤而无不是汤。天地一煲,造化熊熊,万有皆汤,万汤皆靓,汤公神威,何汤不汤!"从此李生决定终生献身靓汤事业。但是,李生一改汤公规矩,把靓汤做实做大,甚至不惜自残乃至献出生命,而他的靓汤却招来各种非议,李生临终终于彻悟,实不该把汤公的靓汤由虚做实,将无做有,"他希望后人以他为戒,一定要闹清至文无字,至理无言,大音稀声,大象无形,大器免(注意,不是晚)成,大汤至汤无汁无色无味无物无边无际无可饮啜更无法制造的深刻道理"。这篇小说发表于1998年,联系到老年王蒙对超越的推崇,作品庶几就是王蒙悟道的产物。

总而言之,讽喻性寓言体小说是王蒙对政治经验和政治智慧的一种寓言化处理。它的犀利和透彻是当代作家中无人可以匹敌的。但是，毋庸讳言的是，我在阅读这些小说时，总感到一种不满足，总感到这些小说机智尖锐透彻有余，浑远厚重阔达不足。当我将这些小说与鲁迅相比，与卡夫卡、加缪、贝克特甚至米兰·昆德拉等相比时，总觉得王蒙的这些作品虽然也具有哲学的底蕴，但还是缺少开拓的深度。王蒙所关心的是人在政治中的关系，而不是政治关系中的人的命运；王蒙虽然也写出了人的政治存在的状态，却忽略了人的存在的根本处境。正是这一重大的缺失，使王蒙的政治小说显得机智有余、犀利有余而厚重不足。

以上是王蒙讽喻性寓言体小说的几个特点，从创新的角度看，首先，王蒙的这类小说开创了"文革"后寓言化小说的先河；其次，王蒙的这类小说继承了我国传统文学中的讽喻传统，并将幽默调侃和荒诞的手法引进小说中。王蒙是"文革"后调侃小说的开创者。

七、王蒙思想的魅力及其意义

通观王蒙七十年的文学创作生涯，我们称他为思想家是完全有理由的。是的，王蒙是一个有思想的文学家，王蒙的思想目前还不为人们所理解和接受，这就愈发说明王蒙思想对我们时代的意义。

"杂多的统一"是王蒙的哲学思想和世界观。"杂多，就是一种开放性。""开放性"就是包容，就是兼收并蓄，就是平等民主地对待一切人和事。"杂多"又是多元的、交往的、承认差异和特殊性的博大胸怀。那么"统一"呢？"统一"在王蒙看来"指的是一种价值选择的走向、价值判断的原则和交流互补的可能性"。可见,"统一"就是在一种统一的价值原则下把"杂多"整合为有机整体的一种状态;"统一"就是要有一个基本的价值原则;"统一"就是摒弃相对主义,也不要绝对主义。所以,"杂多的统一"就是有规范的开放,是一种把握好"度"的平衡原则、中庸原则。正是"杂多的统一"的世界观,使王蒙摒弃了两分法而走向了"三分法",即承认在两极之间的中间状态的存在。王蒙多次说过:"不承认中间状态是极权主义的一个特点。"⑥⑦王蒙毕生致力于成为一个连接官方与民间的桥梁、一个中介,实质上成了一个界碑。这就是王蒙说的"多了一厘米"。⑥⑧因此,坚持中道原则,才能不偏不倚,不简单化、绝对化、极端化,才能真正达到"杂多的统一"。

由此带来的是王蒙在政治思想上的清明、和谐、包容与建设的主张。王蒙说:"我致力于低调、沟通、缓和、平衡、克制、自律、抹稀泥,大事化小,小事化无。"⑥⑨王蒙也曾多次讲到自己赞成的是改良。赞成改良,使王蒙对激进主义心存疑虑;提倡宽容,使王蒙对整合与超越格外倾心;青睐相对性,使王蒙对任何形式的独断论、绝对性深恶痛绝。在美学思想上,王蒙是主张混沌美的。事实上,混沌美不完全是一种技巧,而主要是一种对生活的深刻体验和领悟的结果,因此混沌美的基础是"真正的写实"。所谓"真正的写实"就是一种全方位的、混沌的写实,一种无选择的"广泛的真实性"。混沌不是糊涂,混沌是欲说还休,是一言难尽,是矛盾重重,混沌实际上就是一个作家对生活无法穷尽的困惑和悖论。那么,一个问题摆在了我们面前:为什么他要频频地遭受争议?所谓的"太聪明、太世故、左右逢源",当然还有"左右夹击、腹背受'敌'",其中的原因究竟何在呢?这实际上只能从思维方式上去解释。

我觉得,王蒙给我们最有价值的思想资源是他立体复合式的思维方式。所谓立体复合式的思维方式,是指王蒙在看取事物的时候,总是力避简单化的、单向性的、黑白分明的、非此即彼的极端化思维,倡扬复杂全面的、多向立体的、亦此亦彼的多维理性思维。对于这样一种思维方式,王蒙在自传里曾不止一次谈到过。这种思维方式是真正超越了好坏黑白你死我活式的、简单二分的二元对立的思维惯例之后的一种立体复合多元并举的辩证型思维方式。

这样一种思维方式的获得是不易的,它是王蒙在经历了半个多世纪的风风雨雨,付出了沉重代价,集一生之经验后的结果。20世纪50年代的王蒙也和所有的革命人一样,走上了革命道路。作为"相信的一代",他对"革命"神话的力量坚信不疑。由于"地下党员"的特殊身份,王蒙在新中国成立初期绝对是以主人翁甚至是救世主的心态从事革命工作的。在经历了一担石沟的改造、新疆十六年的自我流放,80年代重返文坛的王蒙已经不是昔日的王蒙了,他由理想主义走向了经验主义,由简单化极端化的思维方式走向了立体复合式的思维方式。

总而言之,王蒙的立体复合式的思维方式以及他的一系列的有关多元整合的、建设改良的、中庸和谐的、理性民主的、交往对话的诸多思想观念,接通了中国古代中庸和合的思想流脉,对于改变激进主义极端化简单化的思想现状、实现和谐社会的理念显然具有重要的思想史意义。

【注】

① 王蒙：《王蒙自传·半生多事》，广州：花城出版社，2006年，第122页。

② 参见方蕤《我的先生王蒙》，武汉：长江文艺出版社，2004年，第14页。

③④⑤⑥⑦ 王蒙：《王蒙自传·半生多事》，广州：花城出版社，2006年，第26页。

⑧⑨ 王蒙：《王蒙自传·半生多事》，广州：花城出版社，2006年，第36页。

⑩ 贺兴安：《王蒙评传》，北京：作家出版社，2004年，第19页。

⑪ 贺兴安：《王蒙评传》，北京：作家出版社，2004年，第20页。

⑫ 王蒙：《倾听着生活的声息》，《王蒙文集》第六卷，北京：华艺出版社，1993年，第113页。

⑬ 王蒙：《王蒙自传·半生多事》，广州：花城出版社，2006年，第75页。

⑭ 董之林：《论青春体小说——50年代小说艺术类型之一》，《文学评论》，1998年第2期。

⑮ 王蒙：《王蒙自传·半生多事》，广州：花城出版社，2006年，第136页。

⑯ 小说原名为《组织部来了个年轻人》，发表时改为现名。

⑰ 王蒙：《关于〈组织部新来的青年人〉》，《王蒙文集》第七卷，

北京：华艺出版社，1993年，第589页。

⑱ 王蒙的《组织部来了个年轻人》，在发表时经过了秦兆阳的修改，并更名为《组织部新来的青年人》发表。修改稿进一步突出了林震与赵慧文的暧昧关系。

⑲ 王蒙：《青狐》，北京：人民文学出版社，2004年，第323页。

⑳ 王蒙：《恋爱的季节》，北京：人民文学出版社，1993年，第419页。

㉑ 王蒙：《青狐》，北京：人民文学出版社，2004年，第329页。

㉒ [美]埃里克·H·埃里克森：《同一性：青少年与危机》，孙名之译，杭州：浙江教育出版社，1998年，第114页。

㉓ 王蒙：《恋爱的季节》，北京：人民文学出版社，1993年，第418页。

㉔ 参看王蒙：《关于〈组织部新来的年轻人〉》，《王蒙文集》第七卷，北京：华艺出版社，1993年，第589页。

㉕ 王蒙：《组织部新来的青年人》，《人民文学》，1956年第9期。

㉖ 参看崔建飞：《毛泽东五谈王蒙〈组织部新来的青年人〉》，《长城》，2006年第2期。

㉗ 王蒙：《王蒙自传·半生多事》，广州：花城出版社，2006年，第53页。

㉘ 王蒙：《王蒙自传·半生多事》，广州：花城出版社，2006年，第358页。

㉙㉚ 邵聪：《格非：这个社会不能承受漂亮文字》，《南方都市报》，2011年12月18日。

㉛ 王蒙：《王蒙活说〈红楼梦〉》，北京：作家出版社，2005年，第183页。

㉜ 指《红旗谱》《红岩》《红日》《创业史》《青春之歌》《山乡巨变》《保卫延安》《林海雪原》。

㉝ 王蒙：《王蒙自传·大块文章》，广州：花城出版社，2007年，第1页。

㉞ 刘心武：《他在吃蜗牛》，《北京晚报》，1980年7月8日。

㉟ 王蒙、李子云：《关于创作的通信》，崔建飞编：《王蒙作品评论集萃》，青岛：中国海洋大学出版社，2003年，第20页。

㊱ 王蒙：《我在寻找什么？》，见徐纪明、吴毅华编：《王蒙专集》，贵阳：贵州人民出版社，1984年，第37—38页。

㊲ 王蒙：《王蒙自传·九命七羊》，广州：花城出版社，2008年，第178页。

㊳ 王蒙：《王蒙自传·半生多事》，广州：花城出版社，2006年，第4页。

㊴ 参看郭宝亮：《王蒙小说文体研究》，北京：北京大学出版社，2006年，第153页。

㊵ 王蒙：《布礼》，《当代》，1979年第4期。

㊶㊻㊾ 王蒙：《关于"意识流"的通信》，见徐纪明、吴毅华编：《王蒙专集》，贵阳：贵州人民出版社，1984年，第123页。

㊷ 何西来：《心灵的搏动与倾吐——论王蒙的创作》，见徐纪明、吴毅华编：《王蒙专集》，贵阳：贵州人民出版社，1984年，第165页。

㊸ 阎纲：《小说出现新写法——谈王蒙近作》，见徐纪明、吴毅华编：《王蒙专集》，贵阳：贵州人民出版社，1984年，第195页。

㊹ 王蒙：《在探索的道路上》，见徐纪明、吴毅华编：《王蒙专集》，

贵阳：贵州人民出版社，1984 年，第 75 页。

㊻ 王蒙：《倾听着生活的声息》，见徐纪明、吴毅华编：《王蒙专集》，贵阳：贵州人民出版社，1984 年，第 95 页。

㊼ 参见石天河：《〈蝴蝶〉与“东方意识流”》，《当代文艺思潮》，1985 年第 1 期。另见宋耀良：《意识流文学东方化过程》，《文学评论》，1986 年第 1 期。还见李春林：《王蒙与意识流文学东方化》，《天津社会科学》，1987 年第 6 期。

㊽ 李从宗：《王蒙寻找到了什么？——评王蒙近期小说创作的得失》，见徐纪明、吴毅华编：《王蒙专集》，贵阳：贵州人民出版社，1984 年，第 304 页。

㊿ [美] 威廉・詹姆斯：《心理学原理》，象愚译，见柳鸣九主编：《意识流》，北京：中国社会科学出版社，1989 年，第 346 页。

(51) [美] 威廉・詹姆斯：《心理学原理》，象愚译，见柳鸣九主编：《意识流》，北京：中国社会科学出版社，1989 年，第 348 页。

(52)(53) [美] R. 汉弗莱：《现代小说中的意识流》，刘坤尊译，桂林：广西师范大学出版社，1992 年，第 6 页。

(54) 转引自赵毅衡：《当说者被说的时候——比较叙述学导论》，北京：中国人民大学出版社，1998 年，第 168 页。

(55) 宋耀良：《意识流文学东方化过程》，《文学评论》，1986 年第 1 期。

(56) 王蒙：《再谈〈锦瑟〉》，《王蒙文集》第八卷，北京：华艺出版社，1993 年，第 348 页。

(57) 王蒙：《再谈〈锦瑟〉》，《王蒙文集》第八卷，北京：华艺出版社，1993 年，第 349 页。

(58) 王蒙：《通境与通情》，《王蒙文集》第八卷，北京：华艺出版社，1993年，第372页。

(59)(60) 王蒙：《〈雪〉的联想》，《王蒙文集》第七卷，北京：华艺出版社，1993年，第293页。

(61) 王蒙：《王蒙自传·大块文章》，广州：花城出版社，2007年，第197页。

(62) 王蒙：《王蒙自传·大块文章》，广州：花城出版社，2007年，第198页。

(63) 王蒙：《王蒙自传·大块文章》，广州：花城出版社，2007年，第225页。

(64) 王蒙：《王蒙自传·九命七羊》，广州：花城出版社，2008年，第3页。

(65) 王蒙：《王蒙自传·九命七羊》，广州：花城出版社，2008年，第103页。

(66) 该小说最初发表于《小说家》1985年第2期时，原名为《冬天的话题》，1987年收入小说集《加拿大的月亮》时，改为现名。

(67) 王蒙：《王蒙自传·九命七羊》，广州：花城出版社，2008年，第117页。

(68) 王蒙：《王蒙自传·大块文章》，广州：花城出版社，2007年，第175页。

(69) 王蒙：《王蒙自传·大块文章》，广州：花城出版社，2007年，第148页。

浅谈王蒙近年来小说创作的新探索

从 1953 年创作《青春万岁》开始，王蒙已有几十年的创作历史。其创作生命之长，创造力之旺盛，都是无人匹敌的。把他称为文学界的"劳动模范"是当之无愧的。进入老年以后，王蒙仍然战斗在创作一线，且佳作频出，据不完全统计，近十年来王蒙共出版各种著作、文集十几部，其中小说及小说集就有七部。2015 年以来，王蒙几乎每两年就出一部小说集，2020 年还出版了长篇小说《笑的风》。[①] 从小说创作的质量看，王蒙宝刀不老，探索不止，真正践行了他"创造到老，书写到老，敲击到老，追求开拓到老"的誓言。本文试图以编年的方式，对 2015 年以来王蒙创作的主要小说，进行解读与评述，梳理其创作的新的追求和探索。

一、拒绝"肥皂剧"：世俗交响中的历史感与命运感

2015 年，王蒙的中篇小说《奇葩奇葩处处哀》发表于《上海文学》第 4 期；机缘巧合的是，其短篇小说《仉仉》《我愿意乘风登

上蓝色的月亮》也同步分别发表于《人民文学》《中国作家》两本杂志的第 4 期。同年 7 月，这三篇小说又与发表于《人民文学》2014 年第 7 期的《杏语》结集出版。这表明八十一岁的王蒙仍然具有旺盛的创造力。

阅读王蒙的这些小说，一种"不知从何说起"的感觉更加强烈，王蒙的深不见底，王蒙的杂沓繁复，王蒙的万花筒般的无限缠绕……正如王蒙在"后记"里说的："……一些荒谬，一些世俗，一些痴呆，一些缘木求鱼南辕北辙直至匪夷所思，一些俗意盎然的情节……无限的人生命运的叹息，无数的悲欢离合的撩拨……空间、时间、性别三元素的纠结激荡，旋转了个人、历史、命运的万花筒。"②

中篇小说《奇葩奇葩处处哀》，表面上好像是一个很世俗的故事——一个丧偶的老年男子与六个奇女子之间的可叹、可爱、可哭的婚恋奇遇。王蒙说素材早就有了，"只是久久不想写，是因为太容易写成家长里短肥皂剧"。正因为有了这份警醒，王蒙才能在世俗的交响中直逼灵魂深处，透视百态人生，以横切面的方式把时间串接起来，让历史与现实、追忆与猜想、前世与今生、昨日与明天，穿插腾挪，纵横驰骋，极大地拓展了小说的信息容量，使得一篇中篇小说具有了扎扎实实的宽度与厚度，从而避开了俗世的鸡毛蒜皮，获得了历史的纵深感和错综感。

小说一开始便是在沈卓然对发妻淑珍的沉痛追忆中展开，老年丧妻，回忆淑珍与自己相濡以沫、患难与共的一生，沈卓然痛彻心扉，追悔不已。淑珍是一个怎样的女性？沈卓然把自己的怯懦谨慎、胆小怕事与淑珍的平淡自然、常人常态加以对比。体温计事件、那蔚闻事件，特别是后者，沈卓然在同学的恶作剧中被诬陷，甚至吃了一记屈辱的耳光，他没有也不敢抗争，他习惯性遭诬陷，这是他怯懦的表现，损人之后的不敢挺身而出与被损害后的不敢抗争，本质上都是人格不健全的一种标志，而被压抑的怯懦之后的性幻想，难道不正是"阿Q质"的一种变种吗？面对那蔚闻老师的要求，沈卓然与淑珍的表现更是天壤之别。沈卓然的装聋作哑与淑珍的真诚挽留，凸现出淑珍人格的平凡却伟大。因此，"淑珍不仅是葩，淑珍是根，是树，是枝，是叶，它提供荫庇，提供硕果，提供氧气，提供生命的范本"。

与历史感联袂而生的是命运感。命运多舛、世事多艰、大起大落、乐极生悲、十年河东十年河西等都是讲的人生命运的变幻无常。王蒙的一生不正是这样富有戏剧性的命运幻化吗？所以沈卓然才处处感到正是自己的小人得志、胆小怕事、卑微渺小，乃至不敢成仁成义的犬儒主义、机会主义、实用主义、活命主义等才导致了老年丧妻、天塌地陷、一步没顶，才有"上苍给你多少快乐，就会同样给你多少悲伤，上苍给你多少痛楚，就会同样给你多少甘甜。没有比这更公道的了"的感慨。同样，沈卓然在与后来的几位女性的接触中仍然贯穿着这种命运感。周密型苋连亦怜，身世奇特，五十岁了，生活拮据，家有病儿，她的功利和实用与她的命运有着怎样的关联呢？才智型苋聂娟娟，对于沈卓然而言，则是另外一种新鲜的体验，"神经质、不无卖弄，万事通，出色的记忆力，阴阳八卦，中外匪夷，文理贯通，古今攸同"。神神叨叨，虚虚实实，来无影去无踪,她在四十多岁丧夫的寡居的岁月,是怎样经历了命运的捉弄啊?至于力量型葩吕媛的"二"与"糙",年轻前卫型葩乐水姗的"潮"与"新",都构成沈卓然新的生活网络。她们身后的故事和命运都自成一体,足以结构为一部传奇的活剧。

在《仉仉》中,李文采一生热爱外国文学,他与同样热爱外国文学的特别的女生仉仉的一段邂逅,足以拨弄命运的琴瑟,政治运动的大波使得李文采狼狈不堪,他检举了仉仉,仉仉从此不知所终。五十多年的世事沧桑,漂流海外的仉仉寄来李文采年少时的笔记本,然而字迹却灰飞烟灭,"一切的一,一的一切",都成为记忆,而记忆也终将淹没于无形。我觉得李文采的"无字书"真是神来之笔,此时无形胜有形,此时无字胜有字,古今多少事,都付笑谈中啊。

同样,在《我愿意乘风登上蓝色的月亮》一文中,"播种者小姑娘"白巧儿的一生沉浮,令人感慨!从一个乡村民办小学的教师,到主管文教的副市长,再到因贪腐落马,小说采用了"捕风捉影"的手法加以叙述,使得小说留有足够的空白,令人浮想联翩。

王蒙写了一个又一个鲜活的人物,他们各有自己的命运轨迹。王蒙没有干扰他(她)们的生活和命运,而是站在一个相当的高度来俯察他(她)们,这个高度是"80后"王蒙的人生省思和生命体验的高度,王蒙在宽容中储满了悲悯。无论是奇葩们还是仉仉与白巧儿,王蒙无一例外地都给予人物充分的理由,他看着她们苦着、乐着、挣扎着、无奈着乃至生着、死着。人生变幻,世事沧桑,苦海无边,王蒙以生命的大觉悟和大悲悯洞悟了存在的秘密。

二、"非虚构"小说：虚实之间的张力与"实录精神"

王蒙在《生死恋》小说集的前言里说到，他的责任编辑已经把他列入可以开拓出新领域的青年作者的名单以内了。这话一点儿也不夸张。从王蒙近年来的一系列小说中，我们的确看到了这一趋向。我特别注意到，王蒙所写的几篇"非虚构小说"，比如《女神》（《人民文学》，2016年第11期）、《邮事》（《北京文学》，2019年第3期），另有几年前发表出版的《悬疑的荒芜》（《中国作家》，2012年第3期）、《闷与狂》（北京联合出版公司，2014年8月），等等，还有王蒙自己透露的那尚未面世躺在硬盘里的"非虚构"书稿，充分证明王蒙的创造探索精神。

"非虚构"是近年来文学界的热点现象，2010年《人民文学》杂志开辟《非虚构》专栏，据说一开始是为发表韩石山的自传《既贱且辱此一生》而特别开设的。③但据时任《人民文学》副主编的邱华栋讲，是他在与主编李敬泽的交谈中，痛感时下文学与现实的隔膜，进而借鉴美国杜鲁门·卡波特等的"非虚构"写作来改善这一写作环境。④我也曾关注过这一写作现象，读过一些"非虚构小说"，但在阅读中也发现了一些问题。比如常常被大家谈起的几篇"非虚构"作品：梁鸿的《中国在梁庄》、慕容雪村的《中国，少了一味药》、萧相风的《词典：南方工业生活》等，这些作品的确在虚构性纯文学作品普遍萎靡的境况中透露了一丝大地的气息，但总的来看，这些作品仍带有传媒时代猎奇化的痕迹，慕容雪村"冒死"潜入传销组织然后写一个"好"的故事的表演性行为，更像一个颇有卖点的"噱头"，记得在80年代就有贾鲁生秘密潜入丐帮数月，然后写就纪实文学《丐帮漂流记》。更为严重的是，以上诸作中的"中国叙事"和"个人叙事"是分裂的，作者以外在的"看"呈现的是"事"而不是"人"，因此，"梁庄"也好，传销组织也好，南方工业生活中的女工也罢，都是扁平的被"我"观看的事主，因此显出平庸的底色来。而恰恰在这一点上，王蒙的"非虚构小说"，其非凡的品质显而易见。

《女神》发表于2016年11月号的《人民文学》，并没有标识为"非虚构"，而是在中篇小说栏目的头条，但在编者的卷首按语里，把其称为"非虚构"。这篇小说是以生活中的真实人物陈布文（著名艺术家张仃夫人）的真实生活故事展开叙述的，叙述人也是由生活中的真实人物王蒙来承担，因而，写这样的小说的确是对作者自己的"严重挑战"。但"高龄少年"王蒙却迎着这挑战而去，他充分发挥了小说家的艺术才能，像写小说那样"非虚构"，一个从未谋面的人物，只因一条短信、一次电话中的爽朗笑声、几篇文字，还有一生的念念不忘……便把"非虚构"的故事写得如此引人入胜，把"非虚构"的人物塑造得如此饱满和鲜活，的确显示了作者深厚的功力。小说起笔于日内瓦，那个扑朔迷离的"日内瓦相遇"真真是飞来之笔，它与主人公临终之时对"日内瓦"的呼唤遥相呼应，诗意化地浓缩了主人公陈布文始终如一的高洁的人格魅力，不管是身居权力中心还是退居家庭成为"家庭妇女"，她的性格都是诚挚、纯洁、平淡的，不做作，不虚夸，不伪饰，是个地地道道的"真人"。是的,王蒙重在写"人",同时,这个"奇异的真人"也折射出了时代的波澜。陈布文,一个来自延安的老革命,曾做过周恩来总理的机要秘书,后主动去职,先是到大学教书,后彻底回归家庭,相夫教子。用王蒙的话说,她是"最文化的家庭主妇"。当然,她也是很成功的母亲,在她的几个孩子中,不止一个成了诗人和作家。总之,《女神》是王蒙根据真人真事的再创造。小说中提到的杨绛,还有作为《蝴蝶》中海云原型的于光远的夫人孙历生,都说明王蒙的《女神》是"杂取种种,合成一个",是经过充分想象之后的产物。

《邮事》发表于2019年第3期的《北京文学》,也是王蒙明确宣布为"非虚构"小说,且与报告文学、散文明确加以区分的一篇作品。这篇"非虚构"小说,完全以王蒙的亲身经历来实录自己与邮局之间所发生的诸多难忘的往事。但王蒙的用意显然不仅仅讲述自我身边的那点儿故事,而是串联起了一百多年中国邮政事业的兴衰际变,正像崔建飞所言:王蒙通过"生活的际遇、命运的波折、时代的变迁和历史的沧桑,编织成一支以绿色邮政为主旋律的交响曲"。⑤王蒙在此把个人叙事与中国叙事完美地结合了起来。在王蒙的早期记忆中,邮局是美好的,在绿色的邮箱里有着生活的无尽希望和人间温馨。从何时起,邮局里也掺杂了不和谐的音符,王蒙以自己收取稿费的烦琐经历,昭示了一个充满阳光的行业是如何"无可奈何花落去"的。其中既有对逝去岁月的无尽惆怅,也有着王蒙对世界一日千里飞速发展的欣慰和通达,小说犹如沧桑的交响,复调般地展示了历史和人生的多重步履以及无以言传的心事。从这一

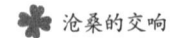

意义上说,《邮事》是个人对时代和历史的活的见证。

我觉得,到《邮事》这篇小说,王蒙建构了他对"非虚构"小说的美学理念。在《生死恋》的"跋二",王蒙谈到"非虚构"小说时说:"虚构是文学的一个重要手段,非虚构是以实对虚、以拙对巧、以朴素对华彩的文学方略之一。于是非虚构的小说作品也成为一绝。绝门在于:用明明以虚构故事人物情节为特点与长项的小说精神、小说结构、小说语言、小说手段去写实,写地地道道有过存在过的人与事、情与景、时与地。好比是用蜂蜜做药丸,用盐做牙膏,用疼痛去追求按摩的快感,好比是我在苏格兰见过的、在铁匠作坊里用大锤在铁砧上砸出来的铜玫瑰。"⑥我理解王蒙的这段话是否就是认为,"非虚构"小说是"戴着镣铐的舞蹈"呢?实际上如果从理论上说,"虚构"与"非虚构"并不应该是完全对立的,它们甚至也不应该成为一个问题。文学永远都是在虚实之间。绝对的"虚"和绝对的"实"都不成其为文学,其奥妙就在于虚实之间的张力。不过,从实践上说,"虚构"与"非虚构"还是有区别的,"虚构"是可以不拘泥于生活的外在真实而大胆想象,但要力求达到本质真实;"非虚构"则是应该尊重生活的本来面目,但在局部可以合理想象。从这一点出发,王蒙对于"非虚构"小说的营造是有着天然优势的。王蒙有着丰富的人生阅历,又有着老到的小说写作艺术经验,而且王蒙此前的小说实际上都具有"非虚构"的性质。早在《青春万岁》的写作时期,王蒙就对那种故事性作品不感兴趣:"能不能集中写一个故事呢?太抱歉了,我要写的不是一个大故事而是生活,是生活中的许多小故事。我所要反映的这一角生活本来就不是什么特殊事件,我如果硬要集中写一个故事,就只能挂一漏万,并人为地为某一个事件添油加醋、催肥拉长,从而影响作品的真实性、生活感,并无法不暴露出编造乃至某种套子的马脚。这样的事,我不想干。"⑦新时期王蒙复出以后,大部分作品也几乎没有那种"巧合""传奇"式的很有戏剧性的故事情节,其自传性都很强,比如《布礼》、《夜的眼》、《活动变人形》、"季节"系列等,其中都贯串着一种"实录精神"。特别是"季节"系列小说,写作、出版于20世纪90年代之后,那个时代正是消费文化盛行的时代,读者喜欢的主要是猎奇化、娱乐化的产品,王蒙对此十分清醒:"为了读者,为了销路,也许这一段边疆之行里本来应该铺陈几段艰难时期的罗曼蒂克?……也许本来应该多写一些花中的雾、雾中的花,巫山云雨,瞬间恩情,白色的雪莲与红色玫瑰,奥斯曼染眉草与凤仙花染指甲油。你可还记得那个住在沙漠边缘的白衣女子?你可还记得那个说话有一点儿像鸟叫,嘴也确实有一点儿像鸟的可爱的残疾姑娘?也许你本来应该致力于写红粉知己,慧眼识英雄,风流尤物,上门投怀抱;还有数不清的异域风光和大胆的情歌情话?……"⑧但王蒙没有迎合这种文化风气,而是仍然坚持了自己对历史和时代负责的态度,坚持了"实录精神"。

王蒙近年创作的小说,除了上面提到的《女神》《邮事》外,《闷与狂》是诗化自传,《太原》(《上海文学》,2008年第7期)属于"王蒙与崔瑞芳"式的爱情回忆,《悬疑的荒芜》其实也是纪实性很强的作品。《山中有历日》(《人民文学》,2012年第6期)、《小胡子爱情变奏曲》(《人民文学》,2012年第9期)是王蒙在平谷雕窝村生活的产物。我觉得，王蒙在虚实之间腾挪翻转，向右走一步就是小说，向左走一步就是"非虚构"小说，在两者之间自由穿梭，突破了文体上的限制，达到了怡然自得的自由状态。《小说选刊》卷首语对王蒙的评价很贴切："踏遍青山人未老，红杏枝头春意闹，一篇压你三千年，耄耋之年娶媳妇，春风十里不如你。"

三、"生死恋"：宏阔历史幕景下的个体生命之谜的天问

《生死恋》，是王蒙发表于《人民文学》2019年第1期上的一篇五万多字的中篇小说，后与《邮事》、《地中海幻想曲》（《上海文学》，2019年第1期）、《美丽的帽子》（作为《地中海幻想曲》的"又一章"发表于《上海文学》2019年第1期）一起合集为《生死恋》，由广西师范大学出版社2019年7月出版单行本。

显然，《生死恋》是这部集子里最重要的小说，也无疑是2019年度最有魅力的小说之一。这篇小说含蕴深远，指向多极，既有青春的激情澄澈，又有耄耋的智慧沧桑，称其为"耄耋青春小说"⑨是有道理的。

小说以顿开茅的视角展开叙述，深情而又冷静地追忆两代人的爱恨情仇故事。小说设置了两个"三角恋爱"框架：一是上一辈苏绝尘与吕奉德、顿永顺的"老三角"，二是子一辈苏尔葆与单立红、丘月儿的"新三角"，这两个三角，互为循环"报应"，互为因果关联，演绎着生命的神秘宿命。

对话王蒙：立体复合思维中的历史还原与反思

作为吕奉德先生秘书的顿永顺，在吕先生蒙受冤狱受难之时，却与他的优雅的夫人苏绝尘坠入爱河，陷入了一段不伦之恋，并生下了儿子苏尔葆，自此埋下了怨怼悔愧的种子。小说以隐晦的笔触叙写了"老三角"的故事：半夜从吕家传出的如狼嗥般的怪声以及压抑的哭泣，梦魇般弥漫在大杂院的空气里，这使得顿永顺异常"吃心"，就像顿开茅质问的："今天我说到苏老师家，你吃那么大的心干什么？你究竟干了什么缺德事害了人家吕奉德与苏绝尘？我问你，你是不是坏人？"这一质问犀利且直接，这对于当年的顿开茅来说是可以理解的，但对于耄耋之年的王蒙而言，顿开茅的质问显然简单了。接下来顿永顺的反应则是：愤怒，继而泄气，抱头、摇手、结结巴巴地说"不是的……不是……"，这其中很明显包含着无尽的潜台词。尽管"风流成性"的顿永顺，曾几次因男女作风问题差点儿被枪毙，但王蒙却仍然给予他足够辩白的机会，如果用简单的道德评判来判定一个生命体的好和坏，定然是不合时宜的。

有趣的是，顿永顺这一形象，在王蒙的其他小说里似乎也能见到其影子。例如《活动变人形》中的倪吾诚，《恋爱的季节》里的钱文父亲，甚至在《王蒙自传》中的真实的父亲王锦第……父亲给予孩童、青少年乃至中老年王蒙的全都是噬心的疼痛感，这是一种爱恨交加的心灵创伤性记忆。"永远不做对不起女性的事"的这一教训，源自父亲的反面教训，然而，这个父亲真的仅仅是一个反面的坏人和混蛋吗？当顿永顺患癌去世以后，顿开茅无数次梦到父亲，究竟是一种怎样的象征？一个一向健康的人，为什么突然就得了绝症呢？顿永顺对儿子说："这也是报应！"是的，"报应"，这是王蒙小说中的高频率词汇,《活动变人形》据说最初的名字就叫"报应"!"报应"对应着命运的浮沉,承载着多少神秘的宿命气息啊!顿家显赫的家世似乎很可疑,但把顿家与纳兰性德联系起来,既昭示了历史的厚重,同时也增强了这种宿命的意味。顿永顺突患恶疾,难道不是因悔愧而招致的生命报应吗?苏绝尘亦如是,她改名苏清恧,而"清恧"就是"惭愧"之意。生命是啥?人又是啥?"人啊,人",顿开茅的感慨,充分显示了人——生命的无限复杂性。

如果说,王蒙以比较隐晦的方式叙写了老一辈"三角"故事,那么对新一代"三角"则以浓墨重彩的方式来细腻讲述。苏尔葆的出生,暧昧而尴尬,吕先生是他名誉上的爹,实际上是最痛恨讨厌他的人。家庭情势决定了苏尔葆未来的命运。他自小就谨小慎微,郁郁寡欢,心思颇重。他是个听话的孩子,他的自律文明常使顿开茅想起一个词"克己复礼"。他活在前辈人的阴影中,同时也是活在"爱的阴影"中。出现在他生活中的小队长山里红(单立红),以爱的方式绑架了苏尔葆的未来和生活,甚至连"洋插队"也听凭山里红安排。苏尔葆以极大的忍韧和克己,抵制了杜莱夫人、胖丫头等的各种欲望的诱惑,保持了自己对山里红的道德上的忠贞。当夫妻二人终于团圆于美国,且有了一对可爱的儿女时,苏尔葆却又远涉重洋,重回中国办厂,变成时髦的洋买办。在这里他结识了风情万种的弹词艺人丘月儿,并疯狂地爱上了她。痴爱月儿却怕伤害山里红,啥都想要,啥都不忍舍弃,在爱与非爱、道德与原罪的夹缝里,苏尔葆骨子里的优柔寡断、顾虑重重、不敢做不敢当的种种人格弱点全都暴露无遗。而这所有的一切，难道不都是先天孽因注定的报应吗？单立红离了，月儿走了，苏尔葆鸡飞蛋打，只有一死了之了。或许，一切皆在天，天意难违，就像五笔字型中的重码现象，顿开茅与王蒙、月儿与豺狼的重码，是否有着奇异的先验关系？生命的密码谁又能穷尽得了呢？

小说延续了王蒙此前的小说在艺术和文体上的诸多特征，同时又有着新的探索。小说具有广阔的时空：从清末到新世纪，从北京四合院到美国和欧洲大陆、再到中国东南部工业园，大开大合，闪展腾挪，出演了一幕幕惊心动魄的人间活剧。设置一个如此宏阔的历史舞台，仍然体现了王蒙对历史、政治、文化的高度热情，这是王蒙小说一以贯之的旨趣。如此，在王蒙笔下，即便最个人化的恋爱故事，也不可能只是一种纯粹的个人行为，而是历史帷幕下的个人生命史。小说中反复出现的"年表"，不是没有意味的。"报应"的含义虽然与个体生命密码有关，但最重要的决定因素显然与时代历史的进程有着直接的关系。中国自近代以来，戊戌百日维新、辛亥革命、五四新文化运动、抗日战争、人民解放战争、社会主义建设、改革开放等一系列波澜壮阔的革命、运动乃至变革，塑造并改变着中国人的思维方式乃至性格特征，这种天翻地覆的变革难道不都是天道使然吗？"天若有情天亦老，人间正道是沧桑。"王蒙对时间的充满激情的感叹，其实也是这个意思："时间，你什么都不在乎，你什么都自有分定，你永远不改变节奏，你永远胸有成竹，稳稳当当，自行其是。你可以百年一日，去去回回，你可以一日百年，山崩海啸。你的包涵，初见惊艳，镜悲白发，生离死别，朝青暮雪。你怎么都道理充盈，天花乱坠，怎么都左券在握，不费吹灰之力。伟大产生于注目，渺小产生于轻忽，善良产生于开阔，荒谬挤轧于怨怼，爱恋波动于流连，冷淡根源于厌倦。激情是你戏剧性的浪花，平常是你最贴心的归宿。今天常常如昨，照本宣科，明天常常不至，交通塞车。终于雷电轰鸣，天昏地暗，红日东升，艳阳高照。丑恶来自贪婪，美丽出于纯粹。你迅速推移，转眼消逝，欲留无缘，欲追无迹，多说无味，欲罢不能，铭心刻骨，烟消云逝，岑寂也是纪念，沉默也是咏叹。……"（《生死恋》）在这里，王蒙在故作轻快调皮的狂欢化语调中，荡涤着沉郁悲怆的生命慨叹！

小说在叙述上尝试了多种技法。作为叙述人的顿开茅，同时也是见证者、思考者，他的感叹、议论使得小说具有了某种"元小说"的先锋意味；同时，顿开茅的感叹思考，也代表着作为智者的王蒙，集八十多年人生经验的启示，使小说充满了一言难尽的复杂况味。《生死恋》不仅仅是一曲爱情的哀歌，更是宏阔历史幕景下对生命之谜探究的天问。

四、"笑的风"：无限的生长点和可能性

《笑的风》是王蒙发表于《人民文学》2019年第12期上的一篇"具有长篇容量的中篇小说"（《人民文学》卷首语），发表以后，多家杂志转载，反响热烈。之所以说这篇小说具有长篇小说的容量，不仅在于它有接近长篇的篇幅，而且在于它的广阔时空和人物命运的大开大合、大起大落，还有说不尽味不完的人生感

唱、哲理辩证、大欢乐、大悲悯、无限的生长点和可能性。因此，王蒙意犹未尽，又花了两个月的时间增加了五万多字，将其"升级"为长篇小说，交由作家出版社于 2020 年 4 月出版。

单从小说的表层结构上看，《笑的风》写了一个类似"陈世美式的"喜新厌旧的故事，滨海渔村的傅大成与白甜美的包办婚姻，以及 80 年代的挣破这一包办婚姻与作家杜小娟的自由恋爱，其实并不是一个多么新鲜的故事，但王蒙却能化腐朽为神奇，把一个有点儿老套的故事写出了时代的新鲜感和历史的厚重感。和《生死恋》一样，《笑的风》也仍然具有宏阔的时空维度，"在一个完全开放的时空背景下，从历史和现实的双重维度，呈现近百年来中国社会从乡村到城市的广阔图景"[10]。实际上，宏阔的时空维度，只是王蒙营造小说多层结构的作业场。从建基的角度，这一宏伟大厦始终是以近现代以来的中国和世界为基准的。正是这一基准，决定了小说人物和主题的丰富内蕴。在王蒙的小说里，从来都没有孤立的个人，历史时代决定了人物的命运轨迹，个人也为时代增添了斑斓的色彩。滨海渔村的小伙子傅大成如果不是乘着 1958 年"大跃进"的春风，被补招进县中学成为一名高中生，也就不会有未完成的诗稿"笑的风"，"笑的风"成为青春期小青年们集体意淫的寄托，既奠定了傅大成浪漫高蹈的文学青年的底色，也几乎注定了他日后命运的跌宕起伏。"笑的风"来自天外，无影无踪，近乎捕风捉影般的虚无缥缈，但无限的想象空间和无穷的可能性的魅力就在其中。然而，1959 年，父母包办强加于傅大成的婚姻——大媳妇白甜美的出现，把他拉进了实实在在的现实世界中，他懵懵懂懂、迷迷糊糊、跌跌撞撞、半推半就、半梦半醒地做起了新郎。他考上了大学，也过起了日子，有了一对儿女，他甚至说不出白甜美有什么不好——白甜美的确又白又甜又美，而且心灵手巧，持家有术。他绝望、犹豫、抗争、矛盾、自我说服，但到底意难平，终究还是逃避，只身去了Z城。直到1969年，他的大媳妇白甜美与一对儿女重新来到他的身边。"她（白甜美）的到来全面扭转了大成的生活与形象"，也彻底改善了傅家与众人的关系。白甜美给了傅大成结结实实的日子，尽管这种日子平常普通，没有个性、没有特色，但在那样的年代，平平安安的，该是多么有福啊！然而，1978年的到来，预示着一个全新时代的开始，傅大成因为发表一诗一小说而成为文坛新星，从此，他的婚姻生活出现了危机，作家杜小娟的出现和大胆进攻，彻底诱发了傅大成对白甜美的"背叛"，他向着不可逆转的对理想爱情的渴望迅跑。我特别注意到了，当写到改革开放之后的时空时，王蒙的笔触大开大合，不仅仅写了国内从乡村到城市，从内地到边疆，而且写了从国内到国外，从北京、上海到欧洲的西柏林、东柏林、都柏林，写了二战和柏林墙，写了苏联和社会主义阵营，还写了世界名人乔伊斯、卢卡契、君特·格拉斯等。这构成王蒙写作的一个独有的特色：大处着眼，小处落墨。这一特色，在《活动变人形》时就已经开始，小说把倪藻回忆的视点放置在20世纪80年代前往欧洲访问的时空中，奠定了小说的叙事背景是全球化的。到了《生死恋》《笑的风》，这一写作特色得到了全面拓展，这显然与王蒙的耄耋高龄和丰富的人生阅历、知识储备有关。在《王蒙自传》第二部《大块文章》中，在第二十六章、二十七章、

对话王蒙：立体复合思维中的历史还原与反思

三十四章、三十五章等处，王蒙叙述了自己走向世界的经历，单就1986年至1989年这三年期间，王蒙就访问了五十多个国家。⑪这种经历，是其他中国作家难以企及的。王蒙顺手将这种生活经历和生命体验写进小说，既真实又自然，同时强化了傅大成、杜小娟、白甜美爱情婚姻的时代背景以及中国现代化发生的全球化视野，是不可或缺的。

由上可见，开放时空中的时代变迁决定了人物命运的浮沉变幻，作家几乎不用特意虚构编撰。我注意到王蒙在叙述中不断提到"强力构思"和"零构思"的说法："人生是谁的构思呢？""是谁继续强力构思20世纪80年代的中国与她的每个子民呢？""天才构思都是零构思，即无为而无不为。"……从这些说法里，我们可以窥见王蒙的小说观。小说虽然是虚构的，但虚构的故事并不是由着作家的性子编出来的，而是从生活中发现和拿来的。"强力构思"都是"天"的构思，非人力可为也，因此也是"零构思"。王蒙在小说《生死恋》中写道："天地的创造力，胜过了文学的创造力；……好的作品是天造出来，天压下来，天捅入你的心肺，天掏出了你的肝胆，天捏住了你的神经末梢，天燃烧着你的躯体——天命天掌天心天火天剑天风。天的构思，胜过了你渺小的忖度，和你的渺小的微信糊糊群。天的灵感，碾轧过殉文学者一个个的痴心。"⑫因此，《笑的风》的故事是"天"赐的故事，傅大成、白甜美、杜小娟的爱恨情仇、哭哭笑笑都不需要编造出来，王蒙就那么随手一拨拉，就把他们安放在了时代这个大棋盘中。如果没有改革开放，如果不是文学，傅大成也许永远都会匍匐在大媳妇白甜美的怀抱里，安享平安和平庸的日子，然而，世事大变，傅大成成了人物，他竟然与王蒙、陆文夫、方之、邓友梅、张弦、从维熙等这些"重放的鲜花"，还有新秀贾平凹、贾大山、刘心武、莫伸、成一、王亚平等成了文友，他北上北京，南下上海，又是参加文学界的各种盛会，又是出国访问，他再一次"眩晕"了，"他似乎刚刚找到自己，也就是说，他再也找不到原来的自己了"。傅大成与杜小娟，这样两个凌空蹈虚在浪漫无垠星空中的文学奇葩，一个是火星，一个是仙女座，已经无可救药地燃烧在爱情的大火中了。更为荒唐的是，傅大成的女儿阿凤却唱红了母亲的情敌杜小娟写给父亲的情诗《未了思念情》，这连傅大成都觉得荒唐尴尬、不可思议："他确实无法明白，这又是谁的构思、谁的导演、谁的脚本、谁的作词；这是胡扯，这是混乱，这是布朗运动，是小小的分子在液体中无规则地乱冲乱转悠，是老戏《花田八错》，老天爷错出轻喜剧，小丫鬟错出好姻缘，越乱越有福，越错越可爱，越荒唐越有票房与市场……"⑬由此，我觉得，王蒙写这样一个三角恋的故事，实际上是在写一个时代，王蒙在缅怀祭奠省思 80 年代："这是一个大开眼界的时代，这是一个怎么新鲜怎么来的时代，这是一个突然明白了那么多，又增加了那么多新的困惑的时代。"⑭正是这个既新鲜又困惑，既自由又禁锢，既追新逐异又荒唐惶恐的时代，才可能产生出杜小娟和傅大成这样的奇葩人物，也才可能有傅大成与杜小娟的惊世骇俗的婚外恋！正是思想解放的 80 年代，才能极大刺激和激荡起人的向往远方的理想和欲望。这也是一个令人眩晕的年代，傅大成的眩晕症，不啻一种个人的病症，也是时代的一种病症。正像王蒙所说的："近一二百年，中国是个赶紧向前走的国家，好像是在补几千年超稳定带来的发展欠缺的债。停滞是痛苦与颓丧的，超速发展也引起了种种病症。所以傅大成患了眩晕症，我们的社会也患上了浮躁症，20世纪80年代已经有所谓'各领风骚'三五天的戏言。傅大成回忆过去，有了一种已无须多言的感觉，这就是一代一代的递进。后浪推着前浪，历史不断前行；当新的后浪追过来了，于是后浪又成了前浪；每个人都是后浪，也都成了前浪。'此情可待成追忆，只是当时已惘然。'每当写作的时候，我不是只追忆他人的沧桑，也惘然于自己的必然沧桑啊！正因为是匆匆过客，才不愿意放过。"⑮正所谓"激情之后是疲乏"，理想之后是失落，在此，王蒙的现代性体验刻骨铭心，当傅大成与杜小娟真正走到一起时，恋爱中的浪漫和高蹈，让现实的琐碎击得粉碎。难道美丽的爱情只有在空幻的虚无中才能存在？杜小娟在20世纪90年代写的歌词《要不，你还是回去吧》里"让我想念和想象吧，我老是想念你。想念和想象也许更美丽"，理想的虚幻美丽，现实的琐碎残酷，最终都归为沧桑。"一的一切，一切的一"都宿命般地成为一团混沌。由此，《笑的风》的深层含义也隐含其中了。

王蒙在《笑的风》中是否在进一步探究传统与现代、理想与现实、此岸与彼岸、理智与情感等文化哲学问题？我认为是的。从一定意义上说，傅大成、白甜美、杜小娟的三角爱情故事也可以说是这些文化哲学问题的具象化表征。傅大成与白甜美虽然是包办婚姻，却是实惠、实在、踏踏实实的日子，而傅大成与杜小娟的爱情，虽然轰轰烈烈，几近燃烧，却是缥缈玄虚，如天外之音、镜中之花。

我觉得，王蒙正是在借包办婚姻和自由恋爱这一对矛盾，来省思自近现代以来以启蒙主义话语为范式的现代知识型构的词与物、名与实的内在联结和龃龉。众所周知，自近现代以来，面对世界格局的变化，中国知识界在思想和思维方式上发生了由传统向现代的转型。这种转型是由历史循环论向现代进化论的转变。这种进化论尽管起到了革命启蒙的进步作用，却催生了激进主义的昂扬，现代—传统、新—旧、理想—现实等二元对立都在进化论的框架内形成了。在这种框架内，以启蒙主义话语为范式的现代知识型构，是以肯定现代、新、理想等而贬抑二元对立的另一极即传统、旧、现实等为价值圭臬的。傅大成与白甜美的包办婚姻由于它的传统型构，天然被贬抑，而傅大成与杜小娟的爱情由于它的现代型构天然应该被赞扬，然而王蒙却偏偏没有这样写，他把白甜美写成了一个漂亮、理性、忍韧、干练的传统女性，较之于杜小娟，白甜美更适于婚姻生活。正像傅大成所悟到的："与包办相比，自由恋爱说起来是绝对地美妙，但是，以自由度为分母、以爱情热度为分子的幸福指数，到底比以包办度为分母、以'家齐'（即治理与规范）度为分子的幸福指数高出多少，则是另一道算数题，只能答：'天知道。'新文化与自由恋爱主义者必须有如下的决心：幸福不幸福都要自由的爱情，即使你为自由的爱情陷入泥淖，也不向封建包办丧失人的主体性的瞎猫碰死耗子婚姻低头。这倒很像前些年一个夸张的说法'宁要社会主义的草，不要资本主义的苗'，那么他到底能不能说'宁要自由恋爱的狼狈与失败，不要封建包办的凑合与过得去'呢？"由此我们不难理解，为什么在小说中，王蒙不断提到

"五四"、巴金的《家》，还有说傅大成"只要不从近现代史与新文化运动的角度去反思自己的婚姻……"，实际上正是从这一知识型构的认知角度来反省绝对化地谴责包办和赞扬自由恋爱的武断与荒唐了。当然，我们不能这样一一对应地去解释王蒙在小说中投射的哲学思想，但其中的隐含与沉浸当是实实在在的存在，王蒙一贯反对绝对化，在《笑的风》中同样如此。

实际上，王蒙的小说里是有着多种滋味的，混沌朦胧，一言难尽，普遍的悲悯与和解，宿命感、沧桑感、悲喜交集感，使得《笑的风》富有了无尽的韵味。

【注】

① 近十年来，王蒙出版的小说及小说集有：《明年我将衰老——王蒙小说新作》（小说集），花城出版社，2013年4月；《这边风景》（长篇小说），花城出版社，2013年4月；《闷与狂》（长篇小说），北京联合出版公司，2014年8月；《奇葩奇葩处处哀》（小说集），四川文艺出版社，2015年7月；《女神》（小说集，署名王蒙、陈布文），四川文艺出版社，2017年5月；《生死恋》（小说集），广西师范大学出版社，2019年7月；《笑的风》（长篇小说），北京：作家出版社，2020年4月；《猴儿与少年》（长篇小说），花城出版社，2022年1月。

② 王蒙：《奇葩奇葩处处哀·后记》，成都：四川文艺出版社，2015年，第175页。

③ 陈竞、李敬泽：《文学的求真与行动——文学报专访李敬泽》，《文学报》，2010年12月9日。

④ 邱华栋：《非虚构写作和时代——兼论阿列克谢耶维奇〈二手时间〉》，《领导科学论坛》，2017年第8期。

⑤ 崔建飞：《绿邮乡愁——评王蒙中篇小说〈邮事〉》，《中国当代文学研究》，2019年第4期。

⑥ 王蒙：《生死恋·跋二》，桂林：广西师范大学出版社，2019年，第214—215页。

⑦ 王蒙：《我的第一篇小说》，《王蒙文集》第七卷，北京：华艺出版社，1993年，第620页。

⑧ 王蒙：《狂欢的季节》，北京：人民文学出版社，2000年，第277页。

⑨ 陈柏中、楼友勤：《问世间情为何物——〈生死恋〉阅读笔记》，《王蒙研究》第五辑，青岛：中国海洋大学出版社，2019年，第47页。

⑩ 温奉桥：《史诗、知识性与"返本"式写作》，《光明日报》，2020年5月20日。

⑪ 王蒙：《王蒙自传·大块文章》，广州：花城出版社，2007年，第305页。

⑫ 王蒙：《生死恋》，桂林：广西师范大学出版社，2019年，第56页。

⑬ 王蒙：《笑的风》，北京：作家出版社，2020年，第110页。

⑭ 王蒙：《笑的风》，北京：作家出版社，2020年，第114页。

⑮ 王蒙、单三娅：《你追求了什么？——王蒙、单三娅关于长篇小说〈笑的风〉的对话》，《光明日报》，2020年6月10日。

灿烂诗心与如火激情

——读王蒙长篇小说《猴儿与少年》

《猴儿与少年》是"人民艺术家"王蒙创作的长篇小说。小说沿袭了王蒙一以贯之的灿烂诗心和昂扬蓬勃的如火激情,以追忆的方式,叙写了鲐背老人外国文学专家施炳炎下放农村"劳动改造"的一段"热气腾腾"的往事。而在这段往事中,猴儿"大学士三少爷"与"核桃少年"侯长友举足轻重。特别是"猴儿三少",王蒙称其为自己作品中的"最爱"。

的确,《猴儿与少年》中的猴儿"大学士三少爷"是王蒙贡献给文坛的一个生动有趣的艺术形象,从生物学、生态学、生命学的意义上,王蒙写活了"猴儿性"。猴儿三少的伶俐机智、闪展腾挪,自由自在、自如自安、自闹自玩,不怕人、不服人、不巴结人、不讨好于人的独特"个性",给人留下深刻的印象,特别是猴儿哥二叔耍猴儿、"三少爷照镜子"的描写,简直妙绝:左照右看,东抓西挠,前伸后缩,急躁狂乱,猴态百出。从耍猴儿的角度看,实在趣味盎然。

然而,王蒙为什么要写这"1+n"只猴儿呢?初读《猴儿与少年》,我对王蒙塑造的猴儿"大学士三少爷"是颇有点儿困惑的,继而数读作品,对其中三昧稍有领悟。猴儿在小说中除了具有生物学、生态学、生命学的意义外,是否也是王蒙历史哲学、文化哲学以及心理学的意义载体呢?"猴儿照镜子"的细节,凸显了猴儿三少的象征意义。猴儿三少与施炳炎、王蒙互为镜像,互为"镜中我",施炳炎—王蒙身上的那种自尊、自恋、自怜是否也是猴儿三少镜中的那个"自我"呢?"炳炎儿时不就是一只小猴儿吗?""炳炎突然悟了,三少爷是猴儿里的'小资产阶级',或者,小资产阶级是社会变革突飞猛进大潮大浪中的'猴儿'。"让"猴儿"驯顺成为人——革命人,经风雨见世面就是必要的。而且,从人类发展的意义上看,"猴儿"正是人类的原初镜像。从猿到人,劳动起到了决定作用。这也是施炳炎为什么并不反感体力劳动,不反感下放改造,不反感到人民中去的缘故。他甚至把来到大核桃峪村的这一天当成了自己重新做人的又一个生日,因为他相信劳动创造人,劳动创造世界,这是他的信仰,他的初心。"施炳炎为自己的劳动史而骄傲,而充满获得感、充实感、幸福感、成功感!劳动是他的神明,劳动是他的心爱,劳动是他的沉醉,劳动是他的诗章!"施炳炎作为王蒙的"镜中我",他的追忆,他的对于历史的看法,自然会得到王蒙的赞许和积极回应,作为相信的一代,他们见证了抗日战争、解放战争以及新中国成立以后社会主义革命和建设的近百年的历史进程,欣逢其时,置身其中,在人生的晚年,回忆当年的盛况,应该是个什么状况呢?用王蒙的话说就是:"我赶上了激情的年代,沉重的苦难、严肃的选择、奋勇的冲锋、凯歌的胜利,欢呼与曲折,艰难与探索,翻过来与掉过去,

对话王蒙：立体复合思维中的历史还原与反思

百年——也许是更长的时间——未有的历史变局，千年未有的社会与生产生活的发展变化，而我活着经历了、参与了这一切，我能冷漠吗？我能躺平吗？我能麻木不仁吗？我能不动心、不动情、不动声色，一式 36.5℃吗？"（见舒晋瑜对王蒙的专访）从"所有的日子都来吧"到"所有的哨子都吹起来吧"——这一从十九岁时的"青春万岁"到八十七岁时的"万岁青春"，昭示着王蒙激情燃烧的诗人本质。

但王蒙毕竟是王蒙。小说设置的"真假宝玉"——施炳炎与王蒙同时出现在小说中，不是没有用意的。施炳炎作为王蒙的镜像，他的经历、情感指向乃至所思所想都可以说与王蒙极为相似甚至相同。从《王蒙自传·半生多事》中可以印证，《猴儿与少年》的故事正是源于王蒙生命中的一段真实经历：20 世纪 50 年代末到 60 年代初，王蒙被下放到京郊门头沟区斋堂公社桑峪生产队和后来的一担石沟与三乐庄的生活经历。不过我觉得，施炳炎与王蒙还是不完全一样的，王蒙≥施炳炎。王蒙作为施炳炎追述往事的倾听者，实际上也是叙述者、品鉴者、审视者、对话者。从读者接受的角度看，王蒙作为一个大体量的作家、睿智饱学的学者，他与施炳炎的对话，自然有着思想的广度和认识的深度。因此，我不赞同简单地把《猴儿与少年》看作是"《青春万岁》的回响"的说法。《猴儿与少年》不仅仅是激情的歌、青春的歌、火红年代的歌，更是对历史、现实乃至未来的省思审视之作，在作品中作为哲人的王蒙的另一面——"冷峻理性的自我"时时闪现。施炳炎的"七个我"——倒霉蛋、革命人、被责难者、自适应者、天真乐观者、时代见证者记录员、文学人,实则是王蒙对"自我"的审视以及对"自我审视"的审视。借用库利的镜像效应理论来看,王蒙的手里拿的不是一面镜子,而是多面多维的镜子。在不同的镜子里映照出不同的"自我""自我的自我",以至无穷,王蒙将其叫作"长廊效应"。施炳炎一方面被单位领导宣布为"另类分子",另一方面在少年侯长友的眼里却是一个"思想非常好的,绝对的好人";一方面他不断遭到举报,另一方面他也得到了老革命老英雄侯东平在物质与精神上的双重慰藉而无声痛哭。如何看待自己亲身经历过的那段历史,这对王蒙来说,在情感与理智之间的龃龉和悖反是明显存在的,这在他的《活动变人形》、"季节"系列等小说中都有互文(有趣的是,在这两部作品中,倪藻与王蒙,钱文、王模楷与王蒙都曾经是"真假宝玉")。如今在人生的耄耋和鲐背之年,王蒙回首往事,可以更加自信与从容地站在岁月的峰峦上观照历史,他试图以全景式的大历史观来审视过往。那些带着火热温度的激情岁月,令他迷恋、迷狂、晕眩,但同样也伴随着哀伤、沉重的代价,乃至荒唐。在《猴儿与少年》中,王蒙一如既往地专注于大时代、大历史,他既关注到了历史大趋势、大走向,同时也关注到了历史的褶皱、历史中的个体的命运。在历史嗒嗒前行的脚步声中,猴儿三少的诡异"自缢","核桃少年"侯长友的扑朔迷离的出身与"精神疾病",犹如交响乐中的多声部回环复沓旋律。还有那个差点儿被枪毙的"军统特务"医生侯守堂的离奇出走与最终叶落归根、魂回故乡,其人生的传奇和命运的跌宕,都令人扼腕唏嘘。然而,大江东去,千古风流,往者已矣,壮心犹烈,真真是"青山遮不住,毕竟东流去""天若有情天亦老，人间正道是沧桑"！

可见，施炳炎与王蒙互为镜像的设置，增加了小说的混沌感、立体感和浊重度，也拓宽了小说的对话与互文的场域。王蒙不仅与施炳炎对话，也在与历史、现实乃至未来对话。时间飞速前行，不舍昼夜；一切都在飞跃，一切也在连续性中断，"生活飞跃，前所未有，千年变局，稳如泰山"。王蒙在《猴儿与少年》中既滔滔不绝，又欲说还休，铸就了小说汪洋恣肆、一泻千里，同时又混沌醇厚、朦胧多义的语体风韵。

对话陈超

"中国形象"和汉语的欢乐
——从铁凝的长篇小说《笨花》说开去

一、语言形式的快感

陈超：你一直研究当代小说,并关注铁凝的创作,今天咱们谈谈她的长篇小说《笨花》。这部作品从意蕴到技艺,都很丰富,包容力很强,留有宽大的解读空间,采用"对话"的方式可能有助于激发彼此的一些新想法。

郭宝亮：是的。铁凝《笨花》的出版的确是文坛上的一件大事。我读完这部小说也有不少想法,正好和你交流一下。

陈超：2006年伊始,我就拿到了这部长篇小说。此前我已从报纸发布的消息中,了解到这部小说的情节梗概,似乎它不是我会感兴趣的题材,就想简单读一下,仅做个了解吧,看看铁凝在忙活什么。但是,我只读了几页,就被它饱满而鲜活的日常生活情趣描述深深吸引了。我沉浸其中,不自觉地放慢了速度,用了两天半时间一口气将它读完。铁凝是从描述笨花村的"黄昏"开始她的叙述的。她既有耐心,又不失精敏,每一个句群都会拽我一下,纹理清晰得如现场"目击",同时又让人迷醉和"恍惚",在真切的写实中奇妙地伴有"写意"感。一开始她就使得作品中的人物,大自然、村子、牲口……共时地"动"起来了,并彼此呼应。这个开头为整部作品定好了叙述基调和节奏,气息沉稳而绵长。像《红楼梦》开头的"忽念及当日所有之女子,一一细考较去……",它们的视点仿佛是平易和"低位"的,却更为自如地接通了"地气"和"人间烟火气",这"两气"正是好的小说的要素。《笨花》近四十五万字,但一直保持了这种节奏和纹理,即使写到宏大的历史情境,铁凝的"两气"也没有散,真是不易。《笨花》的审美气质很独特,我觉得它越写实越有写意感,比如写棉花地、看花人"窝棚"里的事儿、织布、活牸角、大自然节气、农时农事,如此等等,不仅"言传",还有"意会"。读完之后好几天,这部小说的人物、情境乃至细节,还在我心中持久萦绕,有一种浓厚的"弥漫感"。我想,小说永远只是小说,它首先在叙事上应令人沉醉和玩味,否则题材再"重要"也在审美上无效。铁凝不只提供了新的人物和故事,同样重要的是她提供了新的"说法"。作为名作家,她幸运地未曾像许多作家那样跌入"成熟的停顿"。你怎么感觉呢?

郭宝亮:你的这种感觉我也有。我在阅读《笨花》的时候,小说语言传递给我的这种生活情趣和美感持久地滋润着我。笨花村黄昏中的所有人和事,唤醒了我的全部乡村记忆,那些咣当一声放倒自己在当街痛快打滚儿的牲口,那些"鸡蛋换葱""油

对话陈超："中国形象"和汉语的欢乐

酥烧饼"的叫卖声，还有西贝小治媳妇在房顶上的叫骂声，都犹如宁静乡村的黄昏的合奏，凡是有过乡村经历的人都不会不为之激动。铁凝是一个艺术感很强的作家，她的许多作品也许并不刻意去追求一种寓言化的思想承载，却是很"艺术"的，那种饱满温润、结实准确的语言形式所传导出来的艺术质地往往令人在读完之后，心生愉悦，妙不可言。我觉得铁凝的小说是很难评论的，这可能是因为铁凝的小说在艺术肌质上的圆润饱满，没有为评论家留下下嘴的地方，我们只觉得"余香满口"，却不知从何说起，这也许就是你说的"弥漫感"吧。"弥漫感"也可以叫作审美感，一个作品，没有美感、没有诗情画意，肯定不是好作品。你说的"成熟的停顿"的确是个可怕的现象。比如，池莉写的《有了快感你就喊》不过是21世纪的印家厚的故事；而余华的《兄弟》，则是一个大的退步。

陈超： 是啊，"不知从何说起"，就是好的长篇的特性之一。真正丰富的作品，会让预设的理论框架有些"短路"，同时又会激活或"拉动"许多诠释的可能性，获得新的视点。其实，先就这部作品的名称来说，就有好几层意味，既朴实又耐人寻味。在题记中，铁凝说"笨花、洋花都是棉花。笨花产自本土，洋花由域外传来。有个村子叫笨花"。这个书名起得好，既恰当地体现了本书的几种内蕴和艺术劲道，又让人产生许多联想。从写作手法和艺术气质上看，这里的"笨"，不是沉滞和鲁钝，而是沉实与厚重。"花"者，也不是张扬，而是人的生命和精神以及大地的鲜润生机感。作品中的情节、细节、人物，的确当得起"笨花"之名。而铁凝的叙述,也在"笨"和"花"所拉开的巨大张力中,做到了言说有根,意趣横生,舒放有致,神完气足。正是别开生面的"笨"叙事的力量和"花"的鲜润活力,才有效地挽留了"叙述时间",它不再是简单的物理时间的流逝,而是转换为充满民族精神特质和地缘活力的物象、气味、声音、气氛的"艺术的内在时间和空间"。这个时空与书中人与物的生命、存在是融为一体的。

郭宝亮:《笨花》一书的书名确实很有意思。除了你所提到的写法上的艺术考虑外,还有另一种意思在。"笨花""洋花"都是棉花,冀中地区棉花都叫花,"笨花"是相对于"洋花"而言的。有了"洋花",才有"笨花"这个称呼。过去我们把来自西方的东西都称为"洋":洋油、洋布、洋火、洋袜子、洋钉等。可见"洋"是一种硕大的"他者","笨"则是本土的意思。"洋"作为一种来自西方的"他者",还有一种"先进""优越"的意思,而"笨"则还有一种"落后"的因素在。我觉得,铁凝的《笨花》已经涉及"全球化"与"现代性"问题。当"洋花"在咸丰十年(1860年)从美国传到中国来的时候,正值第二次鸦片战争时期,西方列强对古老的中国的入侵与掠夺开始了,中国面临着一种全新的与西方"他者"相伴而生、与狼共舞的存在境况,于是笨花人种"洋花",但不忘种"笨花","放弃笨花,就像忘了祖宗"。可见,"笨"字还是一种坚守,这是在内忧外患的语境中,对民族精神的坚守。对民族精神、对民族文化的坚守,是《笨花》的基本主题之一。

"笨"显然还是铁凝的一种有意识的美学追求。真正优秀的艺术需要一种"笨"劲儿,这是一种"大老实"精神,这好像是铁凝自己说的。真正的艺术没有讨巧的地方,讨巧是一种小聪明,而"笨"则是一种大智慧、大聪明,大象无形、大音希声就是这个意思。当然,"笨"和"花"是珠联璧合的统一体,"笨"的沉实、浑厚与"花"的清扬、洒脱、散漫之间的确有一种张力。从语言形式上看,《笨花》采用的是一种比较本色的语言。这种语言"结实、温润、简朴、准确",既充满灵动的诗性,又氤氲着泥土的气味和色晕。比如在《笨花》中,作者使用了许多冀中和冀南方言,像"递说""节在""各拧""打锅话""待布""眼气""使得慌""效率(袖掠)"等。

陈超:方言是和使用它的人的精神和身体"长"在一块儿的,像叙述中的暗钮。不同的方言会打开不同地方的人的性情、地缘文化,还会给小说这所房子"灌砖缝儿",让它准确、结实。

郭宝亮:而且,这种语言的使用,不仅增添了小说的地域色彩,更重要的是对乱世中民间世俗情景的一种还原。这种还原避免了现代人用既定的观念来引导历史的做法,而是尽可能回到历史的原生态中,让历史中的世俗情怀、民间质朴的生活本身自动呈现出来,这里呈现的不是传奇,而是平凡的日常生活。平凡的日常生活本身在铁凝舒缓、温润、结实的叙述中散溢出诗性的芬芳,它不是以强烈的震撼打动我们,而是以持续不断的温馨的润泽和抚慰令我们感动,给我们以美的享受,这首先是语言形式本身的快感。

陈超："快感"，是啊，阅读的喜悦、专注，对心智的激发，没审美快感我们干吗读小说？小说应提供只能经由小说所提供的劲道，即使谈到"深度"，那也是特殊意义的，它绝不是对哲学、历史的卑屈图解。就我所知，在铁凝已经完成的几部长篇小说里，《笨花》所描述的历史时段是最长的，从民国初年写起，直到20世纪40年代中期抗日战争的胜利。在这段三十多年的历史流程中，既有军阀混战、阶级矛盾，又有民族危机和文化挑战，可以说是风潮激荡、云谲波诡的。当时我先从报纸上了解到《笨花》的故事梗概，还心存疑惑，担心如此巨大的题材，会"强迫"作者写成那种笼统的"风云史"，并且主要靠"史观正确"制导下的庞大的"情节"推进去写作。

郭宝亮：老实说一开始我也有这种担心，何止是担心，简直是揪心。作为一个关注并喜欢着铁凝的读者，我实在怕铁凝也陷入一种既定的写作套路中去。当然，读完小说，才松了一口气。

陈超：看来我们的感觉是一样的，读完了作品知道这种担心是多余的。实际上，《笨花》极其细密和踏实，从始至终，铁凝都不是采取"风云史"式的概括性的粗线条叙述，使人物成为历史风云的简单符码。她的目的似乎并不是在写历史本身，历史只是她展开整体叙述和塑造人物的一个背景，在对历史大事件的处理上，她极为简练，有时甚至是采取"嵌入"公文的方式。她真正的着力点和作品吸引我们之处，主要在于展示出在这段特定历史背景下，一群普通的中国人的日常生活方式,为人处世风格,四季农事,不同的心境,命运的颠踬,饶有兴味的中国北方冀中乡村的民风、民俗的"博物志"般的画卷。后来,历史风云强行闯入毁坏了他们的日常生活,这些普通的农民、乡村知识分子在质朴的民族尊严、道义秉承中,自然而然起来抗击,他们的生命发出了更强烈的光芒。

读过《笨花》,我最深的印象不是历史呼啸着的飓风,而是在飓风的冲击下,那些沟沟壑壑里顽韧生长着的野花小草般的人们,他们的细屑的"日子",他们稳定的持久的古老道德承继,他们的生活智慧和内在的恒久的做人的尊严感。与此相应,它的文体和语型也是本土化、日常化的,既没有依赖主流意识形态话语,也没有依赖"翻译语体",后者是另一种"主流话语"。

郭宝亮:《笨花》的确没有采用"风云史"的写法,这是铁凝在叙述上对既定叙事模式的超越。20世纪80年代以来,我们的文学取得了很大的成绩,但毋庸讳言的是,我们的许多作品都是以西方文学为标杆的。一时间马尔克斯、博尔赫斯、罗伯-格里耶、卡夫卡,乃至纳博科夫、卡尔维诺,等等,都成为我们的作家争相效仿和借鉴的对象。在这种效仿与借鉴的过程中,也形成了几种主要的叙事模式:魔幻模式、寓言模式、传奇模式以及它们的亚种,等等。魔幻模式比如寻根小说的大部分作品,寓言模式则体现为先锋小说的大部分作品。魔幻模式往往具有很强的"志异"色彩,寓言模式又带有过多的形而上意味。它们的亚种是指这几种模式的交叉,比如,莫言的《红高粱家族》《檀香刑》等小说即是魔幻加传奇模式，韩少功的《爸爸爸》是魔幻加寓言模式。实际上如果把"十七年"的小说也算在一起，也应该有两种叙事模式，即风云模式和传奇模式。风云模式主要以重大历史事件为描写对象，传奇模式主要以英雄人物的成长为线索表现其传奇经历。这些叙事模式也有它们的亚种。比如《林海雪原》《铁道游击队》《野火春风斗古城》《红旗谱》等就是风云加传奇模式。20世纪90年代比较有影响的小说像陈忠实的《白鹿原》实际上是传奇模式加魔幻模式加风云模式。"白嘉轩后来引以为豪壮的是一生里娶过七房女人。"接下来的叙述就是七房女人的来龙去脉，其间杂于巫灵鬼魅之事，把传奇与魔幻结合起来，同时又写了时代风云。铁凝的《笨花》不是这样，题记里"有一个村子叫笨花"，就使叙事回到原初，绽露本色。这是一种日常叙事模式，日常叙事从笨花的黄昏开始，从驴打滚儿、从小贩的叫卖声、从小治媳妇的叫骂开始，一下子就打通了我们的日常记忆，无中介地联通了世俗生存的永恒状态。铁凝的这种叙事，在叙述视角上，基本为第三人称全知视角，但不是全能视角。全能视角除了叙述者什么都知道外，作者还控制着人物的行为和思想；而全知视角是说叙述人是站在一定的高度来展示人物的行动的，作者的价值评判不在作品中直接显现，因而，对每一个人物及其事件的叙述就显得比较客观。向喜有向喜存在的理由，向桂有向桂存在的理由。大花瓣、小袄子也有她们的生活轨迹。作家没有按照自己的意愿强行规定人物的行为。从叙述节奏看，《笨花》没有大开大合、跌宕浮沉的曲折的情节，而主要以日常生活细节和风俗文化的细摹取胜。因此，笨花的黄昏、花地窝棚里的故事、西贝梅阁的受洗仪式、兆州县城阴历四月二十八的大庙会以及笨花村老人的喝号仪式都成为小说的中心情节。

陈超：当然，这种"日常生活模式"也并不是完全回避历史风云，我们也可以这样说，铁凝同样成功地写出了历史的真实，但她是通过民间视野去描叙在"历史褶皱"中，那些为人们所忽视的细密的琐事逸趣来实现的。因此，我喜欢这部小说，绝不只是认同它的文化精神构架，而更是因为喜欢它成色十足的"肌质"。时常，一个"风云史"场面的完成，意味着其"权力叙述"的建立，会使那些本真的人与事遭到遮蔽。我历来认为，虽然小说的构架可以决定一部作品的"意义"，但只有"肌质"才能决定它是不是好小说，进一步说是不是真正的艺术品。直接表现历史风云，并不是小说的"擅场"，优秀的文学作品之所以能使我们手不释卷、激动人心，就在于它叙述着不能为历史话语所转述、所消解的，细腻的生活、生存和生命的纹理，人物心灵的迂回升沉的奥秘。这才是更富于魔力的东西。

郭宝亮："历史褶皱"这个词很好。这也正是我说的铁凝日常叙事模式与其他模式的区别所在。"历史褶皱"里的生活，实际上是我们的历史中常常被遮蔽的生活。而恰恰这些被遮蔽的生活才是历史中人的日常生活。我们可以这样说，铁凝《笨花》的着力点不是写人的斗争生活，而是写斗争中的人的生活，这一区别是重要的。写人的斗争生活，主要是把人纳入既定的意识形态模式中，写阶级的斗争，写时代的风云；像《红旗谱》《艳阳天》等作品那样，写斗争中人的生活，它的侧重点则是人、人的生存，乃至人的存在状态。这种状态是日常的、民间的。的确，《笨花》的时间维度和空间跨度很悠长和阔大，但铁凝始终以笨花村作为一个固定的、静态的时空源，而以向喜及其儿子文麒、文麟，孙子武备的活动作为动的开放的时空辐射线，动静时空的交叉就使封闭的笨花村与外界历史风云有了联系。不过在我看来，铁凝重点叙写的不是历史变迁，而是历史变迁中的不变的东西，某种永恒的东西。这种不变的东西、永恒的东西就是人情美、民俗美，以及向善的心性及民族精神。这种精神沉淀在民间日常生活中，沉淀在历史的褶皱里。

陈超：是的，铁凝表现的就是这种永恒的东西。而这种永恒的东西又是通过鲜活的人物形象和细节来实现的。读这部小说，我清晰地记住了许多生动鲜活的人物形象，如向喜、向文成、同艾、向有备、瞎话、小袄子、西贝时令、取灯、向桂、西贝梅阁、尹率真等，都带着自己独特的心理背景、灵魂、身体、呼吸和心音站在我面前。他们构成了铁凝创造的一个真实的"文本世界"，但又奇妙地具有直击的"本事感"。同样，《笨花》中的许多情景、细节，也深深地扎进了我的心。诸如这些情景的描写：牲口打滚儿，看花人的窝棚，小村的黄昏，小妮的小棉裤，两台小戏的演出，向喜一直携带着的包袱皮儿，走动儿的"秘密"，文成夫妇"读报"，老保定、武汉的特殊景致，甚至杂七麻八的什物、风物及小吃食……使人过目不忘。铁凝写得如此真切而传神,她带我们仿佛在彼时又"活了一次",《笨花》强烈的日常生活质感和特殊的氤氲着的艺术韵味,将我们"浸渍"其中。而把这一切总和起来,铁凝就写出了一个大生命、大灵魂——民族气韵,本土文化精神。

郭宝亮: 你刚才说到文学引人入胜的不是文化精神架构,而是成色十足的"肌质",在我看来,"肌质"应该是一种整体性的具有生命质感的"活物",它应该包容着文化精神架构,它有呼吸、搏动、浑茫、天成,它不承载任何观念,反倒是观念依附于它;它不可拆分,甚至不可言说,我们只有静默,在静默中去"思",好的艺术品从来都拒绝鲜明、突出、明晰,它有的只是说不尽的喟叹。这是不是就是你在前面说的"弥漫感"?

陈超: 是的,这基本上就是我刚才所说的那种"弥漫感"。它不是个规范的理论批评术语,但很可能比既有的术语更有效。长期以来,对长篇小说的质地,我有一个自己的非常感觉化的衡量尺度,即看它是否有一种整体性的拂之不去的浓烈的"弥漫感"。作家不是跟随"理念"架构,而是跟随生命经验想象力和存在本身展开书写。弥漫嘛,它笼罩着每个人物、情境乃至每个细节,它是一个生存和生命叙述的"磁场",至少是一个"矩阵",而不是一根"线条"和一些"色块"。我阅读短篇小说、中篇小说时的心态,是要看一个故事,或一种情境,或某个人物。但对于长篇小说,我的期待视野就会变得极为苛刻。在这种苛刻的阅读期待下,现在就很少能遇到令我满意的长篇小说了。我看到的更多的是中篇小说的材料、结构和承载力，经过大量"兑水"，硬达到了长篇小说的篇幅。

郭宝亮：你说的这个"弥漫感"很有意思，很形象。它显然不是一个来源于西方的概念名词，但它"够我用"。"弥漫感"应该是一种美感的整体性、有机性、均衡性、直觉性。这是一种很高的美学境界，一般人是不容易达到的。从文体的角度看，长篇小说与中、短篇小说肯定不一样。中、短篇小说是"写"出来的，而长篇小说则是"遭遇"来的。"写"是作家"选择""挑拣"生活，而"遭遇"则是生活"选择""挑拣"作家，所以不是谁都可以写长篇小说。曹雪芹的《红楼梦》就是生活"挑拣""选择"了曹雪芹，因此《红楼梦》和曹雪芹都是独一无二的。而那些"兑水"的长篇，是"写"出来、"做"出来的，他们有自己的"配方"，他们按照配方"勾兑"，你说怎么能有"弥漫感"？

陈超：还有更不堪的，就是仿照电视剧本的结构和节奏，给文学丢脸。不知你怎么看，现在不少长篇小说作家遵照的是影视规定的"棋谱"，按照导演定的棋谱走，只有叙述没有描写，语言也像是分镜头工作脚本……

郭宝亮：这是目前"读图消费时代"的一种普遍现象。许多作家都想去"触电"，也许是商业利益的驱动，在利益的驱动下，现在给文学丢脸的人是越来越多了，而且不以为耻反以为荣。有些作家在写小说之前，就是为了改编影视剧。实际真正意义上的好小说是很难改编的，改编出来一定是另一种文本。我们不是说小说家不可以写影视剧本，而是不要把小说当剧本写。我觉得,这些年池莉的小说就写得很糟糕,还有那个海岩。他们的许多小说都是按照导演的"棋谱"走出来的,他们甚至也按照观众的喜好来"勾兑",你看过海岩的《拿什么拯救你我的爱人》吧,就是这样"勾兑"出来的一个大杂烩。其中有纯洁的爱情线索,女主人公既传统又现代;还有凶杀线索,这一线索往往是情杀;还有侦破故事;这些都是迎合观众的东西。这是什么原因?商业时代下的普遍浮躁肯定是一个,而深层次的是否还有一种猎奇?我觉得"猎奇"已经成为我们社会的一种普遍的精神症候。大家都在"猎奇",新闻在"猎奇",影视剧在"猎奇",文学也在"猎奇",有一些"身体写作"或"下半身"写作,甚至在做秀的"酷评"中也到处存在。且不说"美女作家"笔下的"身体"的"狂欢",单就余华在2005年出版的《兄弟》中,一开头就用了三十多页的篇幅大谈特谈女人的屁股,我实在看不出这其中的美感,我觉得,余华也是在猎奇……猎奇不会收获真理,只会收获刺激。浮躁、猎奇的文学绝对不会有这种"弥漫感"。还有一种情况,虽然这些作品也写得比较好,但在"弥漫感"上却有一些欠缺。比如贾平凹的《秦腔》,从中我们感受到了他对生活的高度敏感和感悟力,但由于他的艺术观,由于他艺术处理上的偏差,作品出现了大面积的"淤斑"和"梗阻",阅读中就比较沉闷和迟滞。

陈超:你说的这两种现象有些意思。"弥漫感"的确有个"度"。如果要把"弥漫感"或"磁场"效应加以理性表述,其中可能就涉及了对长篇小说内涵和叙述形式的高标准要求。

你想，小说的人物、情节、情境、细节，如果不真切、不鲜活，整个文本就不可能有"弥漫感"；如果作品中人物与人物之间的关系是硬性拼合，而没有可信的互动性，整个文本也不可能有"弥漫感"；整体叙述语境与具体历史语境不真实、不吻合，不可能有"弥漫感"；文气不足或不畅，或文本质地时糙时细、时好时差，也不可能有"弥漫感"……最后，往大里说，一部表现本土生活，特别是乡土生活的作品，没有过硬的或言说有据的本土经验、母语内在的劲道，没有过硬的历史意识、文化关怀，更不可能有"弥漫感"……而要做到这一切，一部成功的长篇小说，就必然是一个共振的"磁场"的结构，宏观、细部各部分以其空间感的均衡和真切，而实现相互的关联、呼应和熏染。这是一个正在并不断"弥漫的场"，有自己完整的气氛、气候、境界。在这里作家会发掘出更充分的意义。而我认为，《笨花》就具备了这种品质，读后我感到铁凝两年的劳动终得报偿，她找到了新的精神和写作资源，并写出了既令人耳目一新，又深具可信感的"中国形象"，写出了汉语的诚朴、神奇和欢乐。

二、"中国形象"

陈超：我们不妨扯得略远一点儿，但对文化批评来说有时可能"远就是近"。因为考察一部优秀的作品，不但要看它本身所表现的具体历史内容，还要注意这个文本是被作家在何种社会文化写作语境下生产出来的。正是基于此,"笨花"这个书名的确会引起我们更开阔的联想。它关系到在近年来所谓"全球化"的表述中,中国许多人文知识分子的一些思虑,以及由这种思虑决定的对文学的期待视野。正如你前面所说的,"笨花"是一个后设的对举名词,它相对于"洋花"而出现。正是由于有着后者的对照或"催生",我们的注意力才对这个文本持"出而不离"的解读方式。在这部小说中,我特别明显地感到了铁凝在中外文化碰撞和对话的写作语境中,完成的对自己所属的"中国经验"、中国话语场域的深入辨认和挖掘,以及对扎根于本土的人民、历史、文化和文学系谱的自觉承继和创造性的"变构"。《笨花》是"变构",不是什么"解构",是搂入新的元素,扩大既有的叙述格局,激发新的可能性。读过这部小说,我在感到它本真的中国韵味的同时,也感到了它对既成的叙事模式的超越。

郭宝亮:"变构"说得好。"变构"不是解构,而应该是一种"建构"。铁凝的《笨花》不像"新历史主义"小说那样,时时处处在"拆解";它仍然属于宏大叙事范畴,是宏大叙事的一种"补充",通过这种"补充",宏大的历史更真实、更丰满了。

陈超:正是。《笨花》当然是一部内涵丰富的作品,无论是人物还是主题都很难从一个角度说清楚。它不是简单的"观念小说"。但是,就作者着重描写的从民国初年到20世纪40年代中期,"笨花村"向家三代人的生活和命运来看,我姑且将其归入"家族小说"。家族小说又叫"世系小说",是指以一个家庭数代人的生活变迁与情感纠葛为表现对象的长篇作品,《笨花》符合这个特性。但是,也只是表面上笼统的"符合"而已。我关注的是铁凝个人化的思考和叙述方式。

在中国现当代文学史上,有许多为我们熟知的重要作品就是"家族小说"。这种小说,正如同行们看到的,约略地说主要有两种模式——大家族的衰败模式和阶级斗争模式。前者倾注着作家的文化批判,后者则贯注着作家的阶级批判。与这两种批判相应的是,作为作品明确主题的"审父意识"乃至"弑父情结"。我想,这种模式的形成有许多原因,但其主要原因,与"五四"以来现代性的介入造成的文化震荡乃至"断裂"有关,也与后来的主流意识形态所标举的"历史决定论"有关。

在这种模式制导下的文学作品,当然有自己的合理性,确实也提供了某些佳作。但是,它的流弊也是显而易见的。我且先不谈在今天这两种模式的可信感和想象力能量已经被耗尽,需要重新寻找有效资源。只谈另一个更致命的问题,即它将全部传统文化,仅仅当成了一个容纳"罪孽""伪善"的烂泥坑,似乎与它"断裂"得越彻底,就越有光明的未来;与它有关"人"的意识越远,人就越体面越像人。而且,这种"光明"和"体面"的标准,都是由不同意义不同层面上的"西方"给出的。

对这种"标准"的急切趋奉,更内化到了对当下文学作品具体的评价,似乎一部作品之所以写得好,就是因为它像西方现代小说的"东方亚种";某些人物有"深度",就是因为他们在精神上更接近外国人。正如你刚才提到的过度的"争相借鉴"浪潮。是否西方的理论原封拿来就正好说中国的事？其实中国人一个多世纪的甘苦西方人很难真正理解。他们的药方不一定适用。我反对粗陋的排外主义，但今天似乎更要警惕微笑的"西方中心""白人中心"。至少完全是西方的标准，不应掌控中国当代小说的解释权。特别是在当下，在"全球化"成为新的关键词的历史语境中，以上流弊颇有进一步恶化的趋势。当然，铁凝写作《笨花》的用意并不在于抵制以上所言的流弊，她关注的主要是艺术本身的质地、生活的趣味、人性的光辉和幽暗、民间烟火中的精神空间、乡村的智慧……但我想，置身于当下具体历史语境中的敏感的文学读者，却一定会从铁凝这部作品中强烈地感到她对本真的中国形象，对民族文化价值观、民族道德谱系、民间日常生活的深刻理解和"疼爱"般的深情。

郭宝亮：要谈"中国形象"，这本来应该是一个不成问题的问题，但现在的确成了问题。当"全球化""现代性"成为热门话题的时候，有关"东方"的言说实际上都是西方设置的镜像。无论是强大的启蒙话语，还是有关历史进步的"时间神话"，都无一例外地属于西方话语。我们的文学评价系统也变成一种向西方吁求合法性的过程。从"文革"后的人的文学，到20世纪80年代中期的现代派文学，以及随后的后现代派文学，还有20世纪90年代的个人化写作，都在西方话语的有效范围内展开。什么是真正的中国形象？我们也许从来都没有认真地思考过。所以，我们今天到了应该深入思考的时候了。

陈超：我们用的理论论述语汇大部分还是西方的。我们可以将它们改写、涂擦或"偏移"，让它们为我们所用，而不是我们为它们用，以求更有效的本土叙述策略的显豁呈现。在《笨花》中，我既很少能够重温前述"家族小说"所依赖的主题类型和叙事模式，同时呢，它也摆脱了西方对于中国文化的"压抑、扭曲、怪诞"的想象模式。而且，它也不同于乡土家族小说所频频撞车的"欲望叙事""苦难叙事"。我们面对的是一部以新的叙述姿态、新的情感出现的重要作品。比如，这部小说的主角之一、家族的代表人物向喜，在作家铁凝的笔下就不是简单化地被"审"，更不是被"弑"，而是被真实地还原描述，被理解体谅，被低回吟述着。像斯宾诺莎所说的，不哭，不笑，但求理解。我认为，这个形象的塑造，是铁凝对文学人物画廊的独特的贡献，打开了新的解读空间。

郭宝亮：向喜是铁凝《笨花》中的第一形象。这一形象的确是独特且不多见的。把一位旧军队的将军作为正面形象来塑造，在我们的文学系列中是前所未有的。我觉得评价一部作品，重要的还是要把它放置在文学史的长廊里来比较一下，看它究竟给我们提供了什么新质，向喜这一形象就是铁凝提供给文学史的新质。你怎么看向喜呢？

陈超：与书中其他主要人物相比，向喜算是个"大人物"，在旧军队里官至中将。但铁凝对向喜的处理方式，不是"施魅"的，而是"祛魅"的。铁凝既有分寸地写出了这个"大人物"的精气神儿，同时又写出了他起源和归宿的民间性和卑微性，以及他身上朴素而一以贯之地浸渍着的传统文化、道德意识，对他一生的作为的影响。

向喜是个接受过传统文化教育，以卖豆腐脑儿来维持生计的农民，"耕读传家""恭谨仁和""正心做人"是他的理想。由于他生于乱世，在一个偶然的机缘下考入"新军"，凭着自己的智勇善战和淳朴义气，在一系列偶然和必然的机遇交错作用下，于军事等级制度中一步步高升。但是，官场的黑暗，军阀之间的阴谋倾轧、背信弃义、撒谎欺骗，乃至疯狂的暗杀和大规模的屠戮，这些与他精神底座中的儒家文化的"兼善天下""忠恕之道""民本思想""己所不欲，勿施于人"……这些扎了根的做人理念是格格不入的。

以他的眼光，当然还看不出军阀在政治和历史中的反动、落后，但最后却完全明白了他们在道德上的彻底卑鄙。当初他走出家乡时，为自己取名"向中和"，后来的遭际却更像是对他初衷的一次次毁击。对于一个服膺于"居处恭，执事敬，与人忠"的中国人来说，这是极为痛苦的遭际。

我注意到，铁凝着意地不断写到向喜内心的困惑和痛苦纠葛。这条线索刻画得十分有力，每件事增加一点儿，渐渐地，困惑、纠葛累积到极限，他就在本可以高升时，毅然地选择退守到良知本能的道德秩序，甚至溯回到自己卑微的"起源"，在与大粪打交道中独善其身。他最后在战祸外辱中为着民族和做人的尊严而完成的壮烈一举，是意味深长而又真实可信的。这个形象不是对以往小说那种"出走—返乡"情节模式的重温，而是返回到真正的"人"的善根,其心理动机也完全入情入理……其实,《笨花》的许多人物都很鲜活生动,你对向文成等人物形象有什么感受?

郭宝亮:向喜写得精彩而真实,在塑造向喜这一形象时,铁凝写出了向喜的被动,他是被时代大潮裹挟而去的,在军阀的部队里,向喜也不过是一枚棋子。在政治上,向喜没有政治家的敏感,他骨子里仍然是一个农民。

与向喜相比,向文成是铁凝着力塑造的向家第二代的核心人物。我认为,这同样是铁凝贡献给中国新文学史的一个独特的新质。作为一个中国乡村知识分子,向文成天资聪慧、本性良善,他双目有疾,却一生向往光明。作为一方名医,治病救人,德行四乡,既有文化,又有见识,能掐会算,聪颖过人。对于这样一个形象,是很容易神异化乃至妖魔化的。在中国文学史上,这样的形象的原型就是诸葛亮、刘伯温、吴用等智者形象。在现当代文学史上这样的形象还不多见。陈忠实的《白鹿原》中的朱先生似更接近,但朱先生却是个传奇人物,他举人出身,属关内大儒。上知天文,下知地理,能掐会算,兼治阴阳,行为诡秘,几近神仙。书中说,朱先生在骄阳似火的大晴天脚穿泥屐,为人诟笑,不想须臾大雨如注;朱先生叫青年"追牛";等等;都是沿用古代小说对此类人物形象的塑造方法。这是一种传奇加魔幻的叙事模式。铁凝由于执着于对日常叙事模式的美学追求,使她在塑造向文成这一形象时没有采用这种方式,而是运用一种非常正常的方式,把向文成塑造成一位平

对话陈超:"中国形象"和汉语的欢乐

而不凡的乡村医生和乡土知识分子形象。他身有残疾,其貌不扬,且心生自卑,怯父惧场,是一个和我们差不多的人。他的聪慧开明,除了天资禀赋,主要还是他早年随父母南北移营转战、见多识广的缘故。瞎话不敢与向文成说瞎话,是在智力上逊着一筹;向喜要在笨花盖房,画图造册捎回家,向文成不看图,已准确说出图册的内容,这不是向文成有神仙一般的本事,而是凭着他对父亲的理解和丰富的生活经验;向文成算地算得又快又准,也是因为有科学根据。就是这个向文成,他想望和赞成五四新文化运动,与他精神根柢中"经世致用"的儒家传统文化的影响有关;他支持山牧仁传教,赞同西贝梅阁受洗,主要是因基督教讲文明、施爱心的悲悯情怀与儒家传统中的"仁者爱人"有相通之处。向文成参加抗日革命工作的描写,铁凝也没有拔高,写得也很谨慎。向文成之所以同情革命,却不愿意加入组织,说明他不是革命觉悟有多高,主要还是出于朴素的民族尊严与做人的基本操守以及受儒家文化的影响。

《笨花》总共写了九十多个人物形象,其中许多人物均塑造得丰满圆润、栩栩如生,且独特、实在、真实自然。比如西贝梅阁、山牧仁夫妇这类信奉宗教的人物,在过去的革命文学中一定是以被批判的对象展现,而在《笨花》中却客观平和,润泽着作家深深的理解。另外我觉得作品中小袄子这个人物也写得很有特点。小袄子爱慕虚荣,贪图享受,但并不是一个绝对的坏人。她也有基本的善恶之心。她时而帮助八路军,时而又帮助金贵(日本人),她的摇摆不定很符合这个人物的性格教养逻辑。西贝时令对她的处决，显得很草率。小袄子实际上是个悲剧人物，战争的惨烈给她的压力太大了，让一个姑娘去承受这么大的压力，实在太难了。这是一个令人既同情又痛恨的复杂形象。还有瞎话，也是铁凝提供给文学史的一个独特形象，瞎话的瞎话是一种乡村的幽默，他做对付日本人的支应局长，再合适不过，他最终对侵略者的瞎话和"好快刀"，圆满了他的一生，他的民族自尊与中国人的英雄气概乃至燕赵人慷慨赴死的文化精神都使我们震撼不已。西贝二片，着墨不多，但他壮烈的行为足以慰藉这片广袤的土地。

"取灯"在我们家乡话中就是火柴的意思，也是笨花人对火柴的叫法。取灯作为一个接受西式教育的洋学生，她由于战争而来到老家笨花，她实际上就是文明的火种，但最终她还是被日本鬼子残忍地杀害了。取灯的死，还有西贝梅阁的死，甚至小袄子的死，都昭示出日本侵略者的反文明、反人类的实质。战争毁灭了美，这也是主题之一。

陈超：你谈得很好。向文成从精神气脉上与我更能沟通，几乎完全是对我"敞开的"。他的时代，是"西学东渐"的年代，但他坚持"学贵有用"，努力了解世界文明，但不是高喊什么"打倒孔家店"之类，因为这与他基本的善恶观不符。他与那些生硬的"组织人"搞不来、受伤害，也基于他守着正常的人的尺度……从人物性格发展的动力上看，说起来也简单，"无恻隐之心，非人也。无羞恶之心，非人也""仁义礼智，非由外铄我也，我固有之也"（孟子语），这本是中国传统文化所吁求的内心道德律和心理行为模式。这既是人物的，也是这部小说的"精神底座"之一。这基本的善恶观也"够我用"，至少不能丧失。从精神层面对这部小说而言，它还至关重要，作为一个民族、一个家族、一个人的内在良知的驱策之声，它可能是朴素的，但正是这种朴素的"践人（仁）、践义"精神，才直抵并贯穿了向氏家族三代人的根脉，像看不见的地下水，极为有力地保证了它的持存生长和勇猛精进。

《笨花》中的主要人物都是"正常"的中国人，不但有正常的民族文化心理，也有朴实的"过日子"观念。历史生存、种族命运的巨大灾变强行闯入了他们的日常生活，所以他们要奋起捍卫它。我想，如果说，向文成、向有备等几代人最后奋勇参加了抗日救亡，那也不是简单地用加入"红色阵营"所能涵盖的，而是与传统文化中的民族抗敌意识、忧患意识、浩然正气、英雄观念、群体观念、厚德载物等极为沉潜绵长的精神基因，在气脉上是相通的。他们不是革命经典现实主义小说中描写的精神"升华"的农民，他们选择的是最符合普通人性的行为，这里没有主流意识形态要求表现的"巨大精神跨越"，不是人为的"政治正确"的观念设置使然，而是顺理成章的、真实可信的。他们不是"夸大的人"，也不是"缩小的人"，他们是正常的人。其实，摆脱"志异"的讨巧方式，用"正常"的方式写出"正常"的人的魅力，其难度和艺术价值更大。

郭宝亮：这就是"中国形象"。这就是"去蔽"和"脱魅"以后的"中国人"。他们贯通着古老的中华文化的地气，守候着素朴的永恒的"日子",年复一年、日复一日地艰难而乐观地生存着。铁凝写出了这样一批"中国人"的形象,也写出了他们的生存状态。另外,《笨花》的成功也给我们以启示,就是好的长篇小说还是应该好好地塑造形象。没有立得住的人物形象,这个长篇小说就是有问题的。同时,这些形象还应该是真正的"中国形象",我们不排斥"洋花",但更喜欢"笨花"。

陈超：总之,我认为,这是文坛为数不多的从内涵到技艺都令人满意的大作品,它写出了生动、真实而又厚重的"中国形象",体现了汉语叙事的魅力和欢乐。我深切地认同铁凝笔下这些"中国形象""中国故事"。在此,我们得以和作家一道来借助历史来理解现在,借助现在去理解历史。咱们今天的对话,就考虑到了这个文本是在什么方向、什么时间上与读者交流的。作为有文化和历史关怀的现代知识分子,今天,我们自然会从更高的视点来重新打量我们民族的精神历史,探询一下在那些被绝对化和独断论的认识方式所遮蔽,并被无限贬低的东西中,是否还有合理的内核。过去,我们总是过度美化西方的一切,至少对它的普适性想得过高、过好；而对我们自身的传统又过度自贬。我们和我们的父辈,几乎成为只有文化"原过",没有传统的一代人。其实,我们一向痛恨的东西,并不一定只属于中国传统文化。

刚才说过,我们不是盲目鼓吹文化自信,学习外国文化肯定是必要的。只不过在今天,我们面对这个问题时,应该有新的视野,脑子要再多转个圈儿,使我们已有的精神结构变得更丰富、开阔和自由。在此，如果全球化一定要催促或教导作家一些什么，那也应该是更深入地追寻民族文化及审美精神之根，实现不同文化间的"差异性对话"，以汉语特殊的劲道塑造出真正有魅力的"中国形象"。执着于此，并不是要缩小我们的精神视域，相反，正是现代意义上的鲜明的文化归属感或本土的审美气质，才使我们的文学兼备了世界性的眼光和价值。

附录：

灵魂的忏悔与拷问

——评铁凝长篇小说《大浴女》

毫无疑问，长篇小说《大浴女》是铁凝献给新世纪的一份厚礼。作家以舒缓平淡的叙述，以"极尽现实的普通"，为我们营造了一座"亲切的遥远"和"熟稔的陌生"的"内心深处的花园"。它那通贯全篇的忏悔意识与无处不在的对灵魂的拷问，使得这座"内心深处的花园"充满了喧哗与骚动，以及由这喧嚣而最终达到的丰富的痛苦和深沉的宁静。

书名取自塞尚的名画《大浴女》，显然是取其"洗浴"的象征义，那是将灵魂和肉体完全敞开于大自然之中的通脱和酣畅，在全无遮拦的透明性存在中，达到灵与肉的统一，从而成就高贵灵魂皈依真善美的人性至境。

因此，整部小说就是尹小跳心灵的痛苦的蜕变过程，而在这一过程中，忏悔意识一直就是尹小跳灵魂蜕变的内在动力。小美人尹小荃扬起两条胳膊，像要飞翔一样一头栽进污水井这件事，成为尹小跳灵魂中的一个终生难释的结扣，一个拷问灵魂的起点，一种"原罪"。尹小荃仿佛就是那个特定时代的人性恶的试剂，她的出生，连接了章妩和唐医生以及他们背后的荒唐时代，同时又令尹小跳、尹小帆和唐菲等人的灵魂永不安宁。然而灵魂的不安与忏悔意识是两码事，虽然她们都参与了对尹小荃的"谋杀"，但三人的作为是各不相同的。尹小帆对待尹小荃的死，是将自己择出来，宁愿也变成一个受害者，而将所有的罪过都一股脑儿地推给姐姐尹小跳。因此，在以后的美国岁月中，尹小帆的生活并不幸福，但她却不敢承认自己的不幸，她遮遮掩掩，暗中嫉妒姐姐的生活，并抢夺姐姐之所爱，成了姐姐的竞争对手。实质上，尹小帆的这种心理，正是不敢正视自己灵魂的虚弱表现，将阴暗的恶遮蔽在灵魂深处，靠外在的"施虐"而得一个"强大"的虚名，这显然是很可悲的。如尹小帆一般，任何向外扩张的人，都是有着程度不同的心理障碍的人。尹小帆其实是一个不敢敞开灵魂的人，一个没有忏悔意识的人，她其实是很软弱无助的。她的灵魂不可能得救。这正是尹小帆给予我们的启示。

唐菲是《大浴女》中一个最具个性的形象，这个形象的复杂性在此前的文学作品中还不多见。我们很难用固有的道德眼光来评价这个独特的形象。也许在《永远有多远》中的西单小六身上我们看到了唐菲的影子，她也许是那种没有多少道德重负的女子。唐菲放荡妖冶，又善良纯真，洒脱而又沉重，可以说她就是那个特定的荒唐年代的恶之花。唐菲生来就"没有"父亲，母亲为了保护她而甘愿受辱，最终不得不含恨结束生命。与舅舅相依为命的唐菲，又看到了舅舅与章妩偷情的罪恶，她的心灵被严重扭曲了。为了自救，唐菲唯一可资利用的资本就是自己的容颜和身体。如果说唐菲与白鞋队长的关系，还过多地停留在少女的欲望的苏醒、好奇、奇怪的自尊、支配欲等生命层面的话，那么，以后与招工的戚师傅之间的关系，则纯属功利性的对身体的利用。为了换一个好点儿的工作，她甚至挑逗厂长俞大声，还用身体从市长那里为尹小跳换来了出版社的工作。但是她最终"堕落"了，她的对男人乃至整个社会的偏执狂式的疯狂报复，没能为灵魂找到一个出路，她的灵与肉是分裂的，肉体的敞开不能代替灵魂的敞开。应该说，她对尹小荃的死，是应负全部责任的。如果说尹小跳和尹小帆只是间接"谋杀"了尹小荃，那么唐菲就是"直接谋害"了尹小荃。但是我们没有看到她的忏悔，虽然她在弥留之际印在尹小跳脸上的那个无言的唇印，也许表白着某种灵魂的向善本质，但是，它已来得太晚，而且，向善的本能与通过大幅度的灵魂的忏悔所达到的心灵的深度是有着巨大区别的。因此，唐菲的结局也预示着灵魂拷问的矢量与灵魂得救的比例关系。

尹小跳作为小说的主人公，她的勇于承担罪责使她同尹小帆和唐菲有了区别。而实质上，尹小跳的起点并不比她们高。当尹小跳由对母亲章妩的厌恶而迁怒于无辜的尹小荃时，她一定在心理上占据了道德的绝对优势，她是在为她的家庭消灭"不光彩"，而尹小荃长得愈来愈像唐医生，则使这种"不光彩"日益显露，因而尹小荃的消失明显地使除了章妩以外的所有人松了一口气。首先是尹亦寻，他的受害者地位使得他的轻松显得理所当然。其次就是唐菲，唐菲的轻松加重了尹小跳的内心沉重，使她的罪孽感从此滋生。于是，漫长的灵魂洗浴开始了，尹小跳独自背负起沉重的人生十字架，忏悔的种子在生命中生根发芽并开花结果。方兢在情感上所给

对话陈超："中国形象"和汉语的欢乐

予尹小跳的爱恨交织,只是惩罚的第一步,方兢的无赖式的爱情逻辑无疑是对尹小跳纯真情感的捉弄;然后便是妹妹尹小帆的"施虐";还有家庭不和所带来的种种烦恼,母亲章妩为重新得到丈夫的爱而不断地改变自我形象,得到的却是丈夫的厌恶;等等。以上种种都构成尹小跳生存的背景。由于有了尹小荃,尹小跳的摆脱外在干扰而专注内在灵魂的飞升和拯救的工作才有了沉甸甸的实质性生命内容。仿佛是人性固有的晦暗不明与恶的下旋力使人有一种不由自主的堕落欲望,战胜自我,提升自我,没有触目惊心的忏悔意识和灵魂拷问,是不可想象的。尹小跳的可贵之处就在于,她在自觉地对自我生命晦暗的清理中,完成了人性提升的三级跳。即由恨到宽宥,由焦躁到平静,最终达到对所有人的理解与平和的爱。于是在对存在的去蔽过程中,方兢的情感捉弄已不再是伤害,而是恕罪的磨炼;尹小帆的"施虐"已不是"施虐",而是值得同情的可以理解的行为。甚至对章妩的过激的自我形象修改,也能敏感地感受到章妩内心忏悔的深深不安。当尹小跳找到自己的真爱陈在时,万美辰的内心痛苦又使她主动放弃自己的幸福追求而让位。我们在尹小跳身上,感受到生命的澄澈与灵魂的博大,美和善就这样冉冉升起,她的内心深处的花园开满了缤纷的鲜花,那种对自身猫照镜式的遮挡式观照,换来了敞开的诗意栖居。是的,"在每个人的心中都有一座花园的,你必须拉着你的手往心灵深处走,你必须去发现、开垦、拔草、浇灌……当有一天我们头顶波斯菊的时候回望心灵,我们才会清醒那儿是全世界最宽阔的地方,我不曾让我至亲至爱的人们栖居在杂草之中"。这就是忏悔的力量,忏悔意识是对自我灵魂的拷问,归根结底是对生命的善待,也是对存在的独特领悟。头顶波斯菊正是我们这些有终结的存在者的现实处境,面对着生命的有限,还有什么不可释然?爱的普照与灵魂的宁静,正是尹小跳对生命和存在之真谛的彻悟。

如果说尹小跳的忏悔意识是对自我灵魂的一次主动洗浴,那么,以尹小跳为叙述焦点的对其他人的审视,则是铁凝对人性的颇具深度的一次灵魂拷问。尹小帆、唐菲、方兢、章妩、唐医生、尹亦寻等,都在尹小跳的审视下一一显形。方兢作为名人,生活的苦难给他以魅力,但同时也给了他一颗残缺的心。在生活的种种重压和不如意之下,方兢的那颗疯狂的、丑陋的、畸形的灵魂便暴露无遗,"那是一个遭受过大苦大难的中年男人,当他从苦难中解脱出来之后,向全社会、全人类、全体男性和全体女性疯狂讨要的强烈本能"是那样迫切。这是一个不健全的灵魂,这样一个不健全的不思忏悔的灵魂是可怕的。尹小跳之所以能从方兢弃她而去的情感阴影中解脱出来,同她在根本上认清其这一本质有关。

章妩、唐医生、尹亦寻,都属于那个多灾多难的时代,苇河农场山上的那间小屋,标志着那个时代的非人道特征。章妩与唐医生的关系充满了功利与欲望的相互满足和情感慰藉的复杂色彩。在这里,作为聚焦者的尹小跳由对章妩和唐医生的厌恶到最终的谅解和同情的动态化过程,表明隐含作者的态度不是纯粹道德的,而是生命意义上的。尤其是唐医生,他的出身带给他的不公和焦虑,在与章妩的偷情中暂时得到缓解,但他终于一丝不挂地暴死于众目睽睽之下,所拷问的恰恰是那些"捉奸者"的丑恶的却自以为十分正常

对话陈超："中国形象"和汉语的欢乐

的灵魂。在少年尹小跳看来，章妩也许是所有这些罪恶的起点，她的慵懒萎靡、缺少责任心，她的对丈夫的不忠，的确又使她看起来十分邪恶。然而，章妩的爱情难道不是合理的吗？她与唐医生那样不顾一切地生下他们的女儿，又使她显得多么大胆，但是没有人可以容忍她，甚至包括她的女儿。她的丈夫尹亦寻以受害者的身份对她的折磨，其实更为残忍。章妩晚年的疯狂似的整容，既显示出她对自己往昔的痛恨和否定，同时也是她对丈夫一生内疚的极端化形式。章妩的悲剧也许就在于她一生都找不到自己的真正定位，她的婚姻和爱情都是畸形的，她不满着什么又想抓住点儿什么，但总是事与愿违。晚年的整容，掺杂着不满、内疚、无聊以及对自己的彻底失望等复杂情感就显得顺理成章。按理说尹亦寻是个受害者，但有时候受害者也可以变成迫害者。当尹亦寻察觉了章妩与唐医生的暧昧之事，他没有大发雷霆，而是沉默着，他坚持不问是为了掌握主动，永远坚持不问就永远掌握了主动，尹小荃的死，使他紧巴巴的心一下子放松了，但他那明显虚伪的表演，制造了章妩对他一生的内疚感，为了自己的自尊，他控制了自己不爱的章妩并"君临"着她。这是一种残忍的报复。相比之下，陈在在小说中的个性并不十分鲜明，也许他过分理想化了，他更像是尹小跳精神上的"父亲"，或者说是尹小跳的一个"自恋"对象。正是这种完美无缺，反倒使他的形象模糊起来。这是很令人遗憾的。

小说在艺术上体现了铁凝的成熟和老到。那种澄明的平静如水的叙述，使得小说的质地显得单纯而澄澈。这种单纯和澄澈在技巧层面也许显得"简单"，但透过这"简单"却提供了许多存在的可能性,这正是铁凝的不简单之处。正像书中借尹小跳之思对当代法国具象大师巴尔蒂斯的画所作的评价那样:"巴尔蒂斯运用传统的具象语言,选取的视像也极尽现实中的普通。他并不打算从现实以外选取题材,他'老实'、质朴而又非凡地利用了现实,他的现实似浅而深,似是而非,似此而彼,貌似庸常却处处暗藏机关。他大概早就明白艺术本不存在'今是昨非',艺术家也永远不要妄想充当'发明家'。在艺术领域里'发明'其实是一个比较可疑的'痴人说梦'的词儿。……艺术不是发明,艺术其实是一种本分而又沉着的劳动。……"这些话用在铁凝的小说上也是蛮合适的。铁凝的小说的选材从来都没有超出她所能体验到的现实,我们甚至可以从中看到自《没有纽扣的红衬衫》以来就不断出现的那个两姊妹的身影,铁凝始终把自己——自己的生命体验投放在小说里,她从不哗众取宠,从不故弄玄虚,而是老实本分地在小说的园地里辛勤劳作。她甚至不愿意为自己的小说找到一件时髦的衣装,她就那样本色着、自然着,但我觉得,铁凝的小说就如同一位美丽的淑女,即便是不经意地披上一件本地罩衫,也遮挡不住她的骨子里的"洋气"和高贵。阅读《大浴女》,我感受到铁凝作为一个真正艺术家的禀赋和毫无杂念的平和宁静的心态。用一句俗话说就是,铁凝活到了份儿上。因此,她的艺术也显得干净利索,不蔓不枝。我有时觉得铁凝的小说很难用个什么"主义"来概括,如果一定要用的话,那只有叫作"诗化现实主义"了。诗化现实主义不啻在于它的叙述上的盎然诗意,更重要的还在于它是向内的,它关注灵魂的丰富和博大,具有一种深刻的、细腻的、极富穿透力的生命活力。它是一种"亲切的遥远"和"熟稔的陌生"的灵魂的真实。总而言之,铁凝的《大浴女》是真正的生命(生活)艺术,她在艺术上所达到的高度,使她毫无愧色地成为不可多得的优秀的艺术品之一。

沧桑的交响

在历史理性与人文关怀之间
——评莫言长篇小说《蛙》

莫言的长篇小说《蛙》,获得了第八届茅盾文学奖,曾引发了新一轮的关于莫言的争议。一些人认为《蛙》不是莫言最好的作品,理由是小说改变了莫言一贯的汪洋恣肆的语言风格。但在我看来,《蛙》是莫言一次新的艺术调整,它在语言风格上回归了平实,却收获了更加深邃的艺术内涵。

《蛙》以计划生育这一敏感题材为背景,塑造了乡村妇产科医生、计划生育干部姑姑这一典型形象。在姑姑身上,既有圣母般的光环,又有地煞般的狰狞,是亦神亦魔的合体人格。她是烈士后代,父亲曾是白求恩的弟子,是八路军西海地下医院的创始人。姑姑很小的时候就经受了日本人的严刑拷打、威逼利诱,但坚决不动摇。新中国成立后,姑姑成为新法接生的积极实践者,她一生接生近万人,晚年被高密东北乡人民称为送子观音、活菩萨,但她也是计划生育战线的干部,她铁面无私,为了计划生育工作,她扒房拆屋,对孕妇围追堵截……姑姑晚年生活在地洞中,以捏泥娃娃表达忏悔的心理,是莫言对人在历史场域中的自我担当自我忏悔意识的呼唤。莫言曾言,《蛙》在自己的写作历史上占有重要位置,是自己比较满意的一部作品。"因为这是一部开始执行自我批判的作品,是我提出的'把自己当罪人写'的文学理念的实践。"

因此,我们不能相信浅薄之辈把莫言的《蛙》看作只是写了敏感题材或是向西方诺贝尔奖的谄媚与迎合的论断,那样实在是小看了莫言。《蛙》借计划生育题材和姑姑的形象,实际上写出了一部民族生育史,或者说是借生育写出民族的现代化进程的历史。生育之于民族是最能体现文化伦理意义的事件,绝不是简单的添丁进口,而是一个民族兴旺发达与否的大事,它既是政治经济的,又是文化心理的,甚至可以说与民族的集体无意识密切相关。古代原始部落的生殖崇拜,至今在一些少数民族中,仍可见出端倪。莫言把小说命名为"蛙",乃是取"娃""娲"的同音之意,其图腾的意味十分明显。新中国成立伊始,万象更新,姑姑作为新法接生的新人,是共和国的新事物的代表,她击退"老娘婆",用科学方法接生,接生的第一个孩子是陈鼻,陈鼻是地主的后代,又是混血儿,那个硕大无比的大鼻子,难道没有一点儿隐喻的意味吗?新法接生既是科学现代性的指征,同时也体现了国家意志对传统生育观的干预的开始。从此,传宗接代的自然行为,让位于民族国家现代化进程的一部分。当计划生育成为基本国策,计划生育行为就成为历史合理性的正义之举。姑姑作为执行者,无须替历史承担责任。在小说《蛙》中写到,改革开放以来,随着富人阶层的出现,许多大款、达官贵人开始包"二奶"、泡"小三",袁腮的以牛蛙公司名义经营"代孕"的公司应运而生,生育与金钱密切联系,新的生育上的不平等又呈现出来,资本以金钱换算的方式剥夺了人之为人的基本权利,以工具合理性掩盖了价值的非理性本质。蝌蚪以陈眉代孕的方式夺人之子,致使陈眉精神失常的描写,就是人的贪欲以历史合理性的方式进行的狡辩。

《蛙》的重要价值就在于,莫言一方面承认现代化历史进程的合理性,承认个体在这一进程中的无能为力与无辜性,另一方面,莫言又感到个体不能以历史进程的合理性来开脱个人行为的罪恶感,忏悔与赎罪是十分必要的。这就是莫言要以给日本友人杉谷义人写信的方式进行叙事的缘故。杉谷义人正是侵华日军司令杉谷的后人,这位日本先生同样有着需要替历史忏悔和担当的意识。这也就是童庆炳先生所提倡的"历史—人文"双重价值取向的写作范式。童庆炳先生认为:"我们提出的这一范式的特点在于困境的'还原',既不放弃历史理性,又呼唤人文精神,以历史理性和人文精神的双重光束烛照现实,批判现实,使现实在这双重光束中还原为本真的状态。"(童庆炳:《童庆炳文学五说》,时代文艺出版社,2001年)童庆炳先生所说的这一范式,实质上与马克斯·韦伯所说的资本主义的工具合理性与价值非理性的悖论是基本相同的意思。在这一悖论中,作家的立场是站在两者之间,结结实实地表达出这一张力。

很显然,莫言的《蛙》具备了在历史理性与人文关怀之间的叙述张力,这种张力的获得,使《蛙》具有了复杂浑厚的艺术魅力。

先锋姿态、批判精神、创新追求

——刘震云小说创作的三只轮子

刘震云是当代最具探索精神和批判意识的作家之一。他的作品体现出的探索不止的先锋姿态、犀利的反思批判精神、艺术上不懈的创新追求,成为其小说创作的三只轮子。

一

20世纪80年代末,刘震云被评论界指认为"新写实"创作潮流中的骨干而声名鹊起,而他的《塔铺》《新兵连》《单位》《一地鸡毛》等小说也被视为"新写实"的主要代表作。检视当时大多数的评论文字,大家都注意到了"新写实"写作与传统现实主义的不同,却对其中的根本区别语焉不详,有的用"新",有的用"后",甚至有的干脆用"自然主义"老标签来框定刘震云等这拨创作潮流,这样一来,实际上遮蔽了"新写实"小说特别是刘震云小说的深刻的现代意识。我觉得,"新写实"小说与传统现实主义小说的根本区别就在于其哲学基础的不同,以现代存在主义哲学为主要倾向的"新写实"小说,正是20世纪80年代以来"新潮探索"潮流的当然组成部分。在描摹个体的当下生存状态上,"新写实小说"正是刘索拉、徐星、王朔诸人小说的合乎逻辑的发展。正是八九十年代现实情境的进一步凡俗化与庸众化,才使刘索拉的大学生和王朔的"小痞子"变成了"新写实"笔下的大众。长期以来,人们对现代派文学有一个顽固的误解,即现代派文学是怪诞、变形、意识流等文学技巧的变革,而恰恰忽略了其观念意识上的重大内涵。这种基于内容—形式二分的理论陷阱,使人完全忽略了内容—形式的不可分割性。而一部作品的形式恰恰正是内容性的;一部作品抽去了内容性的技巧,难免给人矫揉造作之感。刘索拉、徐星、王朔等作家的小说一出世,就有人惊呼为"现代派",主要不是因为它们的技巧上有多么新鲜,而是小说思想气质上的"玩世不恭"、叛逆戏谑;它们又被指认为"伪现代派",尽管原因复杂,但他们的作品与现实生活之间多多少少的"隔"也是重要原因。"新写实"一扫这种"隔",最大限度地真实再现了社会转型期普通大众的世俗化的生存状态,特别是刘震云的小说更是深刻地揭示了"此在的沉沦"与"常人专政"这一被海德格尔描述过的存在秘密。刘震云在看似平实的叙述中,反讽性地洞穿了世界的本质,其中蕴含的现代意识比起其他同时代作家明显深邃得多。

刘震云骨子里的先锋品质,使得他不可能停歇探索的脚步。20世纪90年代,刘震云一猛子扎入"故乡",创作了《头人》《故乡天下黄花》《故乡相处流传》《故乡面和花朵》《温故一九四二》等"故乡系列"小说,标志着刘震云由"新写实"走向了"新历史",

对话陈超："中国形象"和汉语的欢乐

完成了他的"新历史转向"。由此刘震云赶上了"先锋文学"的步伐，并向更深处开拓。刘震云以谐谑狂欢化的笔调洞穿了（几千年来封建社会）历史永恒轮回与欲望的本质。刘震云的历史意识是其现代意识的重要组成部分，其深刻与犀利，直通鲁迅传统，显示出了作为思想型作家的素质。

新世纪初，刘震云出版了《一腔废话》《手机》《我叫刘跃进》等小说，这些小说由于涉及电视、网络、手机等新媒体，我姑且称其为"新媒体批判转向"。《一腔废话》由于它仍然沿袭了《故乡面和花朵》等小说的文体风格，通胀的语言形式、笑闹剧般的情节场景，引起了很大的争议。现在看来，其实大多数读者并没有真正读懂这部小说。小说中反复出现的电视恳谈、模仿秀、辩论赛、无聊的电视朋友聊天、欢乐总动员、"梦幻剧场"、广告等场景，显然是针对影像化时代社会文化现实的。作者寓言化地深刻揭示了现代性进程中人的异化的触目惊心的现实。小说通过"水晶金字塔""疯傻和废话""寻找"等关键意象，将怀疑的矛头直指人类理性大厦的价值根基——启蒙主义本身。《手机》更像一个通俗故事：一个男人与三个女人的故事。同名电影的渲染，更加剧了故事的男欢女爱的通俗性质。然而，小说的主题则是借用男欢女爱的故事，表达"说话"的哲思。严守一的时代是信息时代，信息时代的标志就是消费，"说话"成为消费，"说话"就不是一般意义上的说话了，"说话"成为制造，成为策划，大量制造的"说话"变成人们日常的消费，由此带来的"说话"还能是"有一说一"或"实话实说"吗？因此为了消费，为了收视率，为了广告背后的金钱，什么都是可以策划和制造的,这样的制造除了废话、谎话等语言泡沫之外还能有什么呢?

2009年刘震云出版了《一句顶一万句》,2011年该作品获第八届茅盾文学奖。小说继续了刘震云一贯的对"说话"的哲思。"说话"实际上是十分困难的,其中具有两层含义,一是人和人沟通的困难,知心话难说,知心朋友难找,这是人的孤独的处境。然而刘震云所写的孤独并不是知识分子的孤独,而是百姓日常生活的孤独。这是人类共同面对的本源性孤独。这种孤独与生俱来,是人的生存的一部分,是不可克服、不可更易的。"说话"的困难的另一层含义则是"言说的困境",当我们试图言说世界的时候,这个世界其实是很难说清楚的。一句话顶着一万句话,为了讲清这一句话,你必须用另一句话解释这一句话,而这一句话又需要解释,以此类推,以至于无穷,最终,人的言说只能是一腔废话。然而,人类又有着强烈的言说世界的欲望,我们固执地相信肯定有一句可以揭示世界真相的"话"的存在,于是,寻找几乎是人的与生俱来的本能。

2012年和2017年刘震云又出版了《我不是潘金莲》和《吃瓜时代的儿女们》。这两部小说表现出刘震云对现实问题的进一步关注。前者写"上访"与"截访",后者写官场生态与"吃瓜群众"的关系问题。李雪莲上访二十年,只不过是为了找到一个"理",但蚂蚁变成大象,肯定是官场生态出了什么问题。《吃瓜时代的儿女们》将现实生活中被"吃瓜群众"围观的几桩官场腐败的新闻事件巧妙穿插铺排,构成小说的基本情节。小说以惯有的反讽手法,叙写了现实生活的荒诞与"拧巴"。这两部小说的犀利和

对话陈超:"中国形象"和汉语的欢乐

大胆,表现出一个真正作家的胆识与气魄。

二

刘震云的先锋姿态主要体现在他永不停歇的思想探索上,从新写实到新历史再到新媒体批判再到新官场批判的不断变幻,说明刘震云思考探索的不断深入。但刘震云永不改变的底色是对现实的热切关注和反思批判精神。在"新写实"创作阶段,刘震云创作的《单位》《一地鸡毛》《新兵连》《官场》《官人》等小说,是他对转型期小人物世俗化生活现实的敏锐捕捉,比如《单位》就真实再现了"单位"这一官僚科层制下小公务员小林的挣扎和沉沦,以及众人钩心斗角、蝇营狗苟的现实;而《一地鸡毛》则描写了灰色的日常生活对人的异化与沉沦的潜在助推力。有一个有趣的现象就是,这个阶段的小说第一句话都与"吃喝拉撒"有关:"到新兵连第一顿饭吃羊排骨。"(《新兵连》)"五一节到了,单位给大家拉了一车梨分分。"(《单位》)"小林家一斤豆腐变馊了。"(《一地鸡毛》)这不是随意而为。刘震云曾说过:"文章开头的第一句话实在是太重要了,他往往是打开一篇作品的钥匙。"第一句话之所以重要是因为它奠定了整篇作品的话语基调和叙述的视角。"吃喝拉撒"不仅仅是维持自然生命的基本手段,也是人的最基本的社会起点。由此展开的故事,肯定与浪漫无缘。它不仅限制了人的活动范围,还彻底阻隔了人的精神升华的可能性,所以人在这样的世界中繁忙、奔波,迫切要忙的只得是房子、票子、位子、孩子,忙吃喝拉撒，忙蜂窝煤，弄大白菜和馊豆腐。这就是我们在刘震云小说中看到过分灰色的色调和过分低沉的情绪的缘故。然而这是不是说刘震云认同了小林的生活态度？我看不是的。尽管叙述主体对小林充满同情，甚至还有部分认同，但我们还是能够听到叙述中的不同声音。也就是说叙述主体并不赞同小林的这种生活态度，《一地鸡毛》结尾，小林半夜做了一个梦，梦见自己睡觉，上边盖着一堆鸡毛，下边铺着许多人掉下的皮屑，柔软舒服，度年如日；又梦见黑压压无边无际的人群向前涌动，又变成一队队祈雨的蚂蚁。这个梦，实际上表现了日常生活的无意义性和荒谬虚无的人生。"度年如日"，难道不就是"生命中不能承受之轻"吗？

"新历史"写作阶段，刘震云的批判精神表现得更加充分。这些以"故乡"命名的小说，表明了刘震云深深的乡土情结。然而这一阶段的故乡并不是情感性的，而是分析性的。如果说《故乡天下黄花》相对写实地表现了基层乡村争权夺利导致孙刘两家不共戴天、世代仇杀的残酷世相，那么《故乡相处流传》《故乡面和花朵》则以谐谑狂欢化的方式，将历史彻底俗化与日常生活化。这种把历史日常生活化的方法论意义就在于，它拦腰斩断了历史的连续性链条，冀望在历史的断裂处寻找他异因素。因为按照本雅明的说法，任何文明的记载，同时也是野蛮的记载，不过这野蛮是被文明所淹没了的。因此，历史的真相从来不在它的连续性中披露自己，而是在它的断裂处和非连续性中披露自己。历史从来都是以重大的非日常性来强化自身的非凡因果关系，从而将日常生活压抑在晦暗不明的历史底层。张扬日常性就是张扬差异，从而从中洞察出历史的深层真谛。

进入新世纪，刘震云针对新媒体、官场腐败等敏感问题的反思批判，不是简单地针对问题发声，而往往是由表象上升到"理"的层面，探讨形成这些假恶丑现象背后的荒唐逻辑。《手机》不仅是写科技对人的异化，而重点是写拿手机的人，写人的"说话"。严守一作为电视台《有一说一》栏目的主持人，把"说话"当饭吃，这样的"说话"就不是一般的说话，而是消费。因此，农村媳妇吕桂花"打电话"成为《有一说一》栏目的一期节目，并且创造了收视率新高，严守一也获得"金嘴奖"。三十多年后吕桂花的女儿牛彩云进京捎来吕桂花的话，根本否定了"打电话"这件事本身。这说明吕桂花和严守一有一个在说谎，相对于严守一的强大的媒体霸权，吕桂花只能是被言说的对象，联系严守一的日常行为以及他的节目的背景，我们觉得严守一说谎的可能性更大。不过，我们还可以追问，是严守一在说谎吗？刘震云在第一章的副题是"另一个人说"，这"另一个人"是谁呢？不是严守一，也不是费墨，更不是吕桂花，也不是作者或叙述者，这另一个人正是一个"无主名"的他者，即大众传媒时代。媒体选择"有绯闻"的具有猎奇价值的吕桂花作为时代的消费和欲望的对象，不是没有深意的。这样，刘震云就彻底戳穿了以说实话说真话为标榜的电视文化工业的欺骗性，从而具有了犀利的时代批判精神。《我不是潘金莲》《吃瓜时代的儿女们》好像是姊妹篇，作者以极简的语言，以最朴实的叙述，讲述的生活现实却是那样荒诞和拧巴，常常令人忍俊不禁。生活百感交集，悲剧背后都是喜剧。刘震云说，我不生产幽默，我只是生活的搬运工。

三

在艺术上不懈的创新追求，是刘震云小说创作的第三只轮子。他的小说首先在结构上有其独特的追求和创造。新写实阶段，刘震云的小说一般采用"流水账"式的结构模式，没有戏剧化的故事情节，没有高潮，有的只是一个个俗得不能再俗、卑微得不能再卑微的事件的"堆砌"，这种"堆砌"的结构模式与新写实所要表达的诗性消解、人的沉沦的烦琐的日常生活是极为协调的。由于新历史阶段写的是长篇小说，刘震云往往选取几个特定的历史片段来结构作品：《故乡天下黄花》写的是孙刘两家争斗史，选取的则是民国初年、1940年、1949年、1966年至1968年；《故乡相处流传》选取的是三国曹袁之争、朱元璋初期、太平天国后期、1960年；《故乡面和花朵》是以"关系"串联起来的几个片段：异性关系、同性关系、生灵关系、灵生关系和合体时代。这些历史片段好像是戏剧中的幕，幕虽不同，但演员相同，再加上人物语言的古今混用，就使得时间仿佛停滞了一样，时间空间化而成为共时性历史时空体，其中上演的则是历史永恒轮回的戏剧。这种结构方式当然是刘震云的创造，但我在其中也隐约看到了其他艺术大家比如老舍《茶馆》的影子。目前还没有直接证据证明这一点，但刘震云曾说过，他是在有了充分准备的情况下开始文学创作的，可见古今中外文学的潜在影响应是成立的。

新世纪以来,刘震云对小说结构的探索更加用力,《手机》共有三个部分,而篇幅比重是那样不对称,第一章的"吕桂花"与第三章的"严朱氏",仿佛是小说的楔子和尾声,而中间写现实的部分却占有很大的比重,这样的安排不是没有用意的。它标志着刘震云对现实的思考不是《一地鸡毛》时期的纯现实,而是把现实纳入历史的视野中的一种纵横向的观察,历史是渐渐淡出的现实,现实是历史的隆起,就像山脉的高耸,它的渐渐隐没在地平线下的部分正是与"历史"的相交点。特别是第三章的"严朱氏",严朱氏象征着乡土时代"然诺"的故事,标志着刘震云由"分析型"的乡土向"情感型"乡土的转型,刘震云企图将"乡土"作为疗救城市病的良方。《一句顶一万句》采用了"出延津记"和"回延津记"的循环结构模式,一出一进,延宕百年,就如同人的呼吸,吸纳谈吐之间,写尽了生命的百态世相。《我不是潘金莲》《吃瓜时代的儿女们》则采用三段式的结构方式:前两部分是前言,后一部分为正文,正文很短,前言很长,表面上看,前言与正文并不是一个连续的故事,但仔细一想,两者之间又有着深刻的必然联系,有一种柳暗花明、豁然开朗的顿悟。作者就像在证明一道几何题,序言是已知、求证、证明的过程,正文就是结论。关于结构,刘震云曾言"小说最难的是什么呢?是结构。故事结构、人物结构、思想结构",可见他在结构上的用心并不是我的臆测。

小说是语言的艺术,刘震云在小说语言上的探索自然也是十分用力的。新历史阶段,刘震云一改新写实阶段语言的质朴白描的风格,尝试一种谐谑狂欢式的语言风格,特别在《故乡面和花朵》《故乡相处流传》《一腔废话》等作品中，刘震云将语言的狂欢推向极致：粗鄙通胀、谐谑笑闹、群丑乱舞、众声喧哗，让古人说今语，让今人说古话，且无中介转述，构成一种"共时场语言"，从而成为新时期发展成熟起来的一种新的小说文体——谐谑狂欢体小说的开创者之一。然而，这个时期的刘震云却在《故乡面和花朵》的结尾以"日常生活的魅力——对几段古文的摹写"中，让自己书中的人物模仿了《水浒传》《三国演义》《琵琶行》的部分章回，说明即便在最为先锋时期，刘震云也在向中国传统文学致敬。果然，新世纪之后的《手机》率先开始了新一轮的语言回返。之后，《我叫刘跃进》《一句顶一万句》《我不是潘金莲》《吃瓜时代的儿女们》等小说，都明显表露出传统文学特别是《水浒传》的气韵，刘震云在继承中创造出属于自己的极简化的极为幽默的语言风格。

极简化的极为幽默的语言风格，是刘震云整体的语言风格特征，这种风格产生的幽默感不是靠语言的噱头制造出来的，而是由所叙故事的内在逻辑的荒诞呈现出来的，是骨子里的；靠语言的噱头制造出来的幽默引发的读者的笑是"哈哈哈"，而刘震云的语言引发读者的笑是"嘿嘿嘿"，是会心的笑、内在的笑，因而也是触发读者向深处思考的有力量的笑。

对话王力平

捕捉时代的精神特质
——关于河北小说过去、现在和未来的对谈

河北小说有着优良的现实主义传统,过去几代作家为河北赢得了全国性声誉。今天,当历史上那些闪光的页面悄然翻过、缓缓逝去,它们为河北文学事业留下了什么样的精神底色?当下河北小说创作存在哪些普遍性问题?中生代作家在取得全国影响的同时,是否存在需要跨越的门槛?而新生代作家整体上一个台阶的"引擎"又在哪里?《当代人》特邀王力平、郭宝亮两位评论家,梳理河北小说的历史与传统,围绕作家与传统、与时代的关系以及河北小说的未来进行畅谈。

一、河北小说的现实主义传统具有多样性特征

王力平:《当代人》编辑部出了一个题目,平实而有难度。"平实"是要求对河北小说创作现状做一个"梳理","难度"是要求在梳理的基础上,发现当下小说创作存在的"普遍性问题"。老实说,在当下这个时间节点上提出这样一个题目,是

敏锐的，是具有现实针对性的。

郭宝亮：《当代人》杂志的前身是《河北文艺》《河北文学》，是一本与共和国同龄的文学刊物。这本文学期刊是河北文学发展历程的亲历者。在我的印象中，梁斌的《红旗谱》、徐光耀的《小兵张嘎》、冯志的《敌后武工队》、刘流的《烈火金钢》、邢野等的电影剧本《狼牙山五壮士》、管桦的《小英雄雨来》、张庆田的《"老坚决"外传》，都是在这本刊物首发或者节选首发。进入新时期以后，贾大山、铁凝、陈冲等一大批作家都是它的重要作者。可以说，它本身就是河北文学事业的一部分。

王力平：还有一件事，同样说明了这本杂志与河北文学发展的紧密联系。就是1979年《河北文艺》第六期发表了淀清的《歌颂与暴露》、李剑的《"歌德"与"缺德"》两篇文艺短论，由此引发了河北文艺界解放思想大讨论，实际是推动河北当代文学发展的一个重要契机，河北新时期文学其实是从这之后才真正走上繁荣发展的道路。

郭宝亮：不仅对河北文学，这件事对整个新时期文学也具有重要的影响。甚至这件事的意义还不完全局限于文学，对于整个思想解放运动，它也发挥了重要的作用。当时全国发生了几次重要讨论，包括1978年的真理标准讨论、1979年的"歌德"与"缺德"讨论、1980年潘晓来信的讨论等。经过深入讨论，大家在思想上能澄清一些问题，对于理论界、文学界的破除迷信、解放思想，对于青年人的价值观重建，都具有重要影响。

王力平：这八个字很要紧，"破除迷信，解放思想"。今天重提这件事，其实着眼点就在这里。

郭宝亮：把《当代人》杂志和《河北文艺》《河北文学》贯串起来，可以看到一条河北文学传统的脉络。我们讲河北文学的传统，大家都觉得现实主义是我们的传统，其实这是笼统地说。我感觉有必要辨析一下，河北文学的现实主义传统究竟是一个什么样的传统？梁斌《红旗谱》式的现实主义和孙犁《荷花淀》式的现实主义之间，是否有一致的地方？有什么区别？它和五四时期的现实主义，还有解放区以来的革命现实主义之间，是一个什么样的关系？河北文学的现实主义传统，应该放在新文学的宏观背景中来考察。

王力平：从五四新文学到解放区文学，再到新中国文学，现实主义创作有其一以贯之的地方，同时又各自面对不同的时代主题，有各自不同的审美关注。

郭宝亮：新中国成立以来我们常说"三红一创、青山保林"（《红旗谱》《红岩》《红日》《创业史》《青春之歌》《山乡巨变》《保卫延安》《林海雪原》）。这些作品中，《红旗谱》在"三红"里边是排在首位的，为河北文学争得了荣誉，它也被冠之以"革命现实主义"的称号。孙犁是河北文学现实主义传统的另一个代表，随着时代的发展和变化，他的价值越来越大，越来越被人们认可。从大的方面来讲，从新文学特别是革命文学的角度来讲，孙犁的创作是现实主义的，但他的作品又明显地具有一种诗意的特点，我有时候把孙犁的创作叫作诗化现实主义。和孙犁同时代的作家，还有一个赵树理，是"山药蛋派"

的现实主义。他的作品坚持"人民性",从艺术角度来讲,实践了延安文艺座谈会以来提倡的通俗化、民族化。它更多地汲取了我们民间文化中的养分,故事语言通俗,像评书一样,有人把他小说的文体叫作评书体。

王力平：在河北文学中,也有许多像赵树理一样向民间学习的作家。像刘流的《烈火金钢》,采取了更具民间性的章回体小说结构方式,还有张庆田、申跃中等的创作,和赵树理的方向是一致的。

郭宝亮：如果说,赵树理是把民间的资源纳入文学中来,孙犁的创作则主要是接续了古代文学中的文人传统,我把它叫作中国文学的抒情传统。我觉得,梁斌则是介于赵树理和孙犁之间的一个现实主义创作的代表,他的作品中有很多地方色彩的东西,包括语言、风俗描写等。但是梁斌既向中国民间学习,同时也向五四新文学、苏联文学、西方文学学习,最终形成了他的小说的特点。所以有人评价,梁斌的小说写得比西洋小说要粗一点儿,比中国古代小说要细一点儿,所以他走的这条路,和孙犁也不大一样,是有所区别的。

王力平：一个作家的创作,总是从他所属的文化和文学传统中汲取营养,比如孙犁的现实主义创作与中国文学抒情传统之间的联系,比如梁斌的现实主义创作与中国文学史传传统之间的联系,赵树理的创作可以看作是一个作家与民俗文化传统之间的联系。他们都是坚持现实主义道路,但是他们有各自不同的艺术选择和表现方式,他们的审美注意,在不同的方向上,这并不影响他们对现实主义道路的选择。

二、作家必须处理好自己与传统的关系

郭宝亮：我们怎么去继承现有的传统？现在的作家和传统之间的关系应该是什么样？我们常说要坚持现实主义，要重振现实主义的辉煌。好像我们现在丢掉了现实主义传统，如果不捡回来，我们的文学就不能振兴。大家都在谈我们过去的辉煌，而没有考虑当下的作家究竟应该怎么做。是照着前人传统走，还是在传统中另辟蹊径？

王力平：对于今天的作家来说，非常重要的一点是正确理解和处理自己与传统的关系。我曾经用"三个高潮"来描述河北文学的现实主义传统。第一次高潮是以《红旗谱》为代表的一批革命历史题材创作，这一批作品准确把握、生动反映了以理想主义和英雄主义为特征的时代精神。第二次高潮出现在新时期，以贾大山、铁凝、陈冲为代表，他们并没有把自己限定在20世纪50年代的现实主义传统中，而是准确把握了反省的、批判的时代精神特征。我理解的第三次高潮，是从"三驾马车"开始，到"河北四侠"结束。他们很好地处理了自己和传统的关系，这个高潮仍然是现实主义创作，但和前面两个高潮又有不同，这个时期的现实主义创作，因为现实生活中改革步入深水区，利益主体和价值取向多元化，加上现代小说的"形式自觉"，因而带有很浓的先锋色彩。回过头来看，他们都没有被传统束

缚，但他们又都在续写这个传统，成为这个传统的一部分。

郭宝亮：这就说明了作家和传统的关系。作家如果在传统的后面亦步亦趋地走，没有新的突破，不可能成为一个大作家，文学也不可能出现新的变化。但是突破并不等于和传统断裂，而是在传统中吸收了有益的东西，而后超越。一个作家总是要超越前人，成为真正的自己，才能站得住脚。铁凝早期的创作受孙犁的影响，但铁凝后来的发展有一个很明显的特点，就是她很难被归类。你说她是那种传统的现实主义？不是。你说她是现代派？也不是。她是一个女性作家，她可能接受了一些女性的视角，但她从来不是一个女权主义者，从来没有被性别意识限制住。你从她的作品中会发现很多东西，对各种各样的营养，她都不拒绝。

王力平：传统可能是束缚自己的一道藩篱，也可能是放飞自己的一片天空，很大程度上，取决于作家如何理解和确定自己和传统的关系。

郭宝亮：你刚才说，河北文学现实主义创作的第三个高潮是从"三驾马车"开始，到"河北四侠"结束。这个发展过程对于理解作家与传统的关系有重要的启示。"三驾马车"是20世纪90年代中期出现的，当时是改革进入深水区，出现了一些困境、矛盾和难题。随着市场经济的发展，文学逐渐边缘化，逐渐走向了个人化、消费化。私人化写作流行，特别像陈染、林白，还带有女性主义的特点，主要是通过写自己的身体来表现内在的孤独，也写到了女性的那种隐秘的性心理。再到了"70

后"作家像卫慧、棉棉等，他们的创作完全地走向市场消费的状态，更加小众化，更具有猎奇的特点，隐私成为一种消费，文学变成一种消费性的东西。这个时候，文学就失去了自己的内在价值，大家就觉得文学需要走出个人的狭小圈子，需要有一种直面更广阔的现实的东西，这是"三驾马车"出现的背景。他们感受到生活中的种种困惑、种种迷茫，尤其是在乡镇和企业出现的种种困境，他们的写法从某种意义上说，就是照着生活的实际状态来写，表现改革中出现的矛盾，当时被称为"新现实主义"，其实它和现实主义传统的关联是很紧密的。这些作品出现以后，确实是直面现实矛盾，抓住了这个时代的特点，可以说是重振了河北现实主义文学的辉煌，但在文学的内在品质上，大家还是感觉有些不满足。在这种情况下，"河北四侠"出现了。"河北四侠"的创作，自觉学习先锋文学的长处，注重文学内在的、审美的表达，为河北文学的现实主义创作补了"先锋文学"的课。

王力平："河北四侠"的出现，标志着河北文学的现实主义创作完成了"形式的自觉"。这是对"传统"的续写，也是对"传统"的超越。回顾这些的目的，是想和今天的青年作家交流一个观点，我们当然要向传统学习，但并非"四侠"在"形式自觉"上"攻城"，你就一定要在"叙事技巧"上"略地"。真正有价值的问题是，他们面对时代提出的课题，承担了他们所应承担的责任。我们应自觉地意识到属于我们的时代课题，承担起我们所应承担的责任。

郭宝亮：我曾经说过，有的青年作家还处在"自发写作"的状态中，没有进入"自觉写作"的状态。"自发写作"的特点，一是自己有些生活积累，有些感受，不吐不快，拿出一篇作品甚至写得还不错，但是再写一篇就很难保持这个水平。另一个特点，就是过多地留恋文坛流行色，长期沉溺在对某种"腔调""模式"的欣赏和模仿中，这是以自己的才华面向文坛写作，而不是面向历史、面向时代写作。

王力平：说到这里，我们实际上已经部分地进入另一个话题中，作家创作与现实的关系。

三、作家还要找到自己与"现实"的审美关系

郭宝亮：对作家创作来说，"现实"是比"传统"更重要的因素，事实上，那些在今天看来属于"传统"的东西，对于当时的作家来说，都曾经是"现实"。讨论文学创作，"现实"是一个不能回避的问题。

王力平：我是这样看的，对于作家创作来说，"现实"之所以重要，是因为如果作家不和"现实"构成特定的审美关系，他的创作活动就无从谈起。从某种意义上说，与现实世界构成的审美关系，比"现实"本身更紧要。这样说话很抽象，我举个例子。中国20世纪30年代的乡村是一个客观的现实世界，而同时期的中国现代文学面临的任务是，作家如何确定自己和这个乡村世界的关系。回过头去看历史，一部分作家在"现代

性"的视角下,确定了自己和乡村世界的审美关系,于是他在乡村中看到了麻木、愚昧。他笔下的乡土文学因此具有了批判和启蒙的性质,如鲁迅的《故乡》。同时代还有另一批作家,他们从游子和乡情的传统视角去看乡村,看到的是淳朴、善良和温暖,他们笔下的乡土文学就洋溢着怀旧的温情和田园的浪漫,如沈从文的《边城》。同是20世纪30年代的中国乡村,区别在于作家如何建构自己与现实世界的审美关系。

郭宝亮:作家和时代的关系问题,确实是检验一个作家是不是大作家的重要尺度。不仅仅是河北作家,实际上整个中国当代文学都面临着这个问题。作家不仅仅是作家,还应该是个思想家,好的作家一定是思想家,没有思想,绝对写不出伟大的作品。为什么鲁迅直到现在还超越不了?首先他是个思想家,他具有超前性。当年他看出中国最大的问题是立人,是启蒙。而且他的作品能够一下子切中要害,贴到重大的时代命题上来,这不是一般人能够达到的。"幻灯片"事件现在尽管有争议,但那是鲁迅作品的一个重要的切入点——看客。他后来的许多作品里面都有"看"和"被看"的描写。

王力平:所以鲁迅是伟大的。后来虽然有"重写文学史"的努力,但就30年代乡土文学的评价来说,乡情乡愁的主题始终无法超越启蒙批判的主题,因为它不仅仅是一个文学主题,它同时还是一个时代主题,是一个时代主题的文学表达。

郭宝亮:在鲁迅那一代知识分子的心中,启蒙是中国社会最迫切的任务。鲁迅的作品里经常出现一些觉醒的知识分子形象,他们往往被看作疯子。《狂人日记》就是这样,还有《长明灯》里的疯子、《药》里的夏瑜。鲁迅刻骨铭心地感受到这个东西,他是一个觉醒者,但他也是个绝望的人,他看整个世界就是个铁屋子,大家在铁屋子里睡过去了,突然有人把大家喊醒,喊醒了却出不去,只能在痛苦绝望中死去。我们发现,鲁迅笔下的启蒙者是高高在上的,他观察的底层群众是麻木的,是阿Q、祥林嫂,他们和启蒙者之间永远有隔膜,是不能沟通的。而在这些麻木的人们看来,那些启蒙者也很可笑,像狂人一样被大家看成是疯子。这是启蒙者孤独的源头,也是启蒙失败的原因。鲁迅对中国社会的这种思想认知是非常深刻的。

王力平:思想洞察力很重要。我们常说"深入生活",其实"深入生活"的一个很重要的方面,是思想洞察力能否深入生活的内里,能否把握生活的多样性、复杂性。很多青年作家感觉到面前有一个或显或隐的"门槛",有一个有形或无形的"瓶颈"。我觉得,跨过"门槛"、突破"瓶颈"、创作再上一个台阶,突破口往往在思想洞察力上。

郭宝亮:我曾经写过一篇文章,谈面对现实,作家的创作缺少了什么。一个是思想能力缺失,观察思考现实问题的能力缺失了;再一个是主动体验生活的能力缺失,失去了主动到生活中去体验、了解的愿望,更多的时间是飘在生活之上,作品不断地发表,但这些作品读起来都是不痛不痒,不咸不淡。我把它叫作惯性写作,靠惯性滑行写下去。

王力平:就是精致的平庸。所谓"有高原没有高峰",原因是写作成为一种职业行为，不再是生命方式。

郭宝亮："河北四侠"之后，在河北青年作家群体中，还没看到在全国取得重大影响的作家群。这些作家的作品我也读过一些，应当说有亮点，有惊喜，但感觉视野还不够开阔。这个视野就是思想的穿透力，理解这个世界的能力。所以说文学究竟怎么来表现我们时代的精神？一个作家除了仔细地观察和感受之外，也应该主动地介入当下的重大事件。比如我们经常说的扶贫脱贫，有些作家都不屑于去关心这个事。

王力平：其实，围绕扶贫脱贫的作品并不少，特别是纪实性的写作，可以说很多。但这些作品大都是围绕着扶贫脱贫工作来写的，所以作品的主人公通常是扶贫工作队，写作内容通常是他们怎么辛苦，怎么不容易，怎么克服各种各样的困难，告诉农民怎么致富、怎么脱贫。事实上，在涉及数以千万计贫困人口的扶贫脱贫事业中，主角是陷于贫困、希望走出贫困的农民，在扶贫脱贫进程中创造历史的是他们。精准扶贫，本质上是引导科技、金融、市场以及新的观念视野的力量，加入这个历史进程中，为主角"赋能"，而不是更换主角。看待这个问题，还应该有一点儿历史的纵深感。民族独立、民族解放事业和脱贫没有关系吗？土地改革、合作化和脱贫没有关系吗？联产承包责任制不是为了脱贫吗？兴办乡镇企业、农民进城打工不是为了脱贫吗？扶贫脱贫不始于扶贫工作队，现实的逻辑不是这样的，艺术的逻辑也不应该是这样的。

郭宝亮：一个作家应该怎么去认识这个时代，这是一个根本性的问题。如何认识和表现这个时代,作家需要有一种艺术创作的自觉性。没有这种自觉状态,只有任务心态、应景心态,甚至是投机心理,不可能真正深入进去,也不可能写出好作品。我的感觉,现在最大的问题不是技巧,而是思想能力的问题。思想比较简单,比较浅薄,没有看出问题的复杂性。事物深入复杂性的地方,往往是矛盾的。

王力平:我赞成这句话:"事物深入复杂性的地方,往往是矛盾的。"比如城镇化进程加快,硬币的另一面就是故园陷落。这里面有个很重要的问题,就是人道主义和历史主义的冲突。我们讲"三农"问题,农村、农业、农民,写农村都会写到土地。从历史主义的视角看,土地是生产资料。生产资料的配置,应当利润最大化。但是土地对于农民来说,不仅仅是生产资料,它还是生活方式,是情感方式,是他们人生价值实现的重要方式。这个时候,它是人道主义视角下的情感世界。城镇化进程,深处是历史主义和人道主义的冲突。今天青年作家笔下的乡村书写,更多的是延续着传统的情感视角,这个视角今天存在,30年代存在,更远的唐宋元明清也存在。更重要的是,如何使乡村书写属于今天,成为今日中国生活方式、生存状态的艺术呈现。

郭宝亮:你说的人道主义和历史主义的冲突,还可以表述为历史理性和人文关怀之间的冲突。一个作家,如果单纯地站在历史理性的角度,或者单纯地站在人文关怀的角度,写出的作品都可能会简单化。记得一个叫瓦·拉斯普京的俄罗斯作家,他的一个小说叫《活下去,并且要记住》。小说写卫国战争后期，西伯利亚安加拉河畔阿塔曼村的少妇纳斯焦娜急切盼望着丈夫安德烈能从战场上平安归来。当丈夫真的回来了，她很高兴，却发现丈夫是作为逃兵逃回来的。她把丈夫藏起来，每天送饭，但心里很难受，一直在高兴和耻辱之间纠结，最后因怀孕事发，纳斯焦娜不堪忍受巨大的精神压力而投河自尽。从历史理性来讲，军人应该在前线马革裹尸；从情感的角度来讲，大家都想活着，和平、美好地生活。作家没有去否定任何一个视角下的合理性，写出了人性的纠结、矛盾和复杂，作品就有了深度，有了震撼力。同样，他的《告别马焦拉》也是这样令人难忘的优秀作品。

王力平：还是你那句话，"事物深入复杂性的地方，往往是矛盾的"。

四、一个作家单纯地坚守现实主义是不够的

郭宝亮：其实，作家的创作活动同样具有这种复杂性。一方面，作家需要很高的思想能力来把握现实；另一方面，作家需要真实的生命体验，如果没有真正的生命体验，写出来的东西是"隔"的，所以，好的作品是一个作家生命体验的表现。

王力平：你描述的情况，其实是理论批评常常遇到的困境。在分析的思维过程中，我们必须把不同性质的东西区分开来；但在现实的创作活动中，这些看上去性质不同甚至是矛盾的东西，是按照特定的结构关系一在一起的。从"分"的角度看，

一枚硬币有不同的两面；从"合"的角度看，硬币不同的两面是一体。在创作活动中，作家如何处理"观念"和"经验"，二者之间或许会有所倚重，却无法全然偏废，它带给我们的是创作方法的多样性。

郭宝亮：谈到创作方法的多样性，我的感觉是，河北文学在很长一段时间是欠缺的。我们比较强调现实主义传统，包括在20世纪80年代，先锋文学实验最热闹的时候，铁凝除外，河北作家涉足者不多，大部分作家仍然是在"写实"层面上创作。直到刚才谈到的"河北四侠"出现，才完成了"形式的自觉"。和全国相比，咱们是慢半拍的。

王力平：这是一个作家在创作活动中选择什么创作方法，采取什么形式和技巧的问题。我是这样看，形式技巧非常重要，但有出息的作家不会被这个东西所限制。也就是说形式技巧不可轻视，但不可迷信。战略上藐视，战术上重视。为什么要重视？因为形式本身是思想内涵的表达方式，或者说它是思想内涵的承载方式，在这个意义上，形式就是内容。但如果思想内涵是空洞的，这个表达方式也就没了根。

郭宝亮：新时期以来，几乎所有成功的作家都经历了向西方现代派学习的过程。当年所谓的创新，实际上就是以西方现代派文学为师，各领风骚三五天，应该说是自"五四"以来又一次向西方学习的高潮。其实，这些西方现代派文学流派，在30年代的时候大都已经出现了。不仅有施蛰存等"新感觉派"小说，还有李金发、戴望舒、卞之琳等的诗歌。鲁迅是现实主义作家，但也可以说是先锋作家。

王力平：其实从某种意义上说，中国现代文学就是以世界文学为基础的，不是在中国古典文学的基础上。

郭宝亮：对，它和古代文学的区别就在于它的格局是面对世界的，现代文学的发展，一定意义上是文学世界化的过程。20世纪80年代以后，我们又经历了一次向西方现代派学习的过程，这个过程对中国当代文学是有益的。如果没有这样一次现代派的洗礼，中国文学不会走到今天这个样子。但是到后来，那些最早向现代派学习、向先锋文学学习的作家，都回头转向，或是回到民间，或是回到传统。也有人说是又回到现实主义。我的理解是，经过这样一场洗礼和转向以后，不是简单地回归现实主义、回归传统，而是一种超越式的回归。

王力平：两只渔船停在渔港，一只是出海回来，另一只不曾出港，这两只船肯定是不一样的。

郭宝亮：所以格非华丽转身；莫言在写《檀香刑》时说，我大踏步地向民间后撤；刘震云在最先锋的时刻，在《故乡面和花朵》附录里，已经开始用自己作品的人物模仿《水浒传》《三国演义》《琵琶行》了。当时我们不知道为什么要这样，其实那个时候刘震云就在向传统文学致敬。后来在《一句顶一万句》《我叫刘跃进》《我不是潘金莲》等作品中向传统回归，是经历了现代派洗礼以后的回归。一个作家单纯地坚守现实主义是不够的，中国当代文学需要经历这样一个磨砺，才能和世界文学对话。

王力平：在现实主义问题上破除迷信，需要做一点儿具体分析。"现实主义"这个概念，有不同的"定义域"。当它是一个艺术哲学的概念时，它相当于艺术反映论，是对艺术与现实关系的唯物主义回答。当它是一个文学史的概念时，它是指发生在19世纪法国、英国和俄罗斯的现实主义文学流派。当它是一个创作论的概念时，它是一种艺术思维和形象塑造的方法。对于艺术反映论意义上的现实主义，我们应当坚守；对于文学史意义上的现实主义，我们应该尊重、学习，但不迷信。我们现在所说的"现实主义"，是创作论的概念，是作家形象思维和形象塑造的一种方法，是多样化的创作方法之一种，是作家驰骋艺术想象力、发挥文学创造性的广阔天地。

郭宝亮：这也是给河北青年作家留下的一道题，我们期待青年作家继续努力，突破自我，再上一个台阶。

附录：

"荷花淀派"的历史意义及启示

考察中国当代文学七十年来的发展历史，以孙犁为代表的"荷花淀派"是具有重要意义的创作流派。而且随着时间的推移，这种重要性愈来愈彰显出来，因此，认真总结其历史价值、经验教训，大有必要。

一、必要的历史回顾

"荷花淀派"产生于20世纪五六十年代，主要是由这一流派的开创者孙犁发起，围绕着《天津日报·文艺周刊》发现、培养了一批年轻作者，发表了大量与孙犁《荷花淀》风格相近的作品。这些作品，一般不正面书写战争、革命、某种运动等所谓的"重大题材"，而是把写作的重心放到白洋淀周边的京津保地区的乡村人民日常生活，通过对乡村风俗、景色、人物的描摹，以小见大，表现时代变迁。作品风格冲淡、自然，语言清丽、优美，富有浓郁的地方色彩和诗情画意，将思想性与艺术性比较完美地结合起来，在当时普遍铿锵雄武的战歌体写作中，独树一帜。"荷花淀派"主要代表性作家有孙犁、刘绍棠、从维熙、房树民、韩映山、冉淮舟等。

对于这样一个重要流派，学界对其是否存在却有着不同的看法。从目前几部通用的文学史著作来看，洪子诚的《中国当代文学史》（北京大学出版社，1999年）对以孙犁为首的"荷花淀派"未有提及；董健等主编的《中国当代文学史新编》（人民文学出版社，2005年），虽然提到"荷花淀派"，却以"孙犁本人并不承认这个流派的存在"加以否定，王庆生等主编的《中国当代文学》（华中师范大学出版社，2011年）也持此论。20世纪80年代初期，学界确实对这一流派是否存在态度暧昧，比如冯健男认为："文学上的'白洋淀'派可以说是'有'，也可以说是'无'，可以说是形成了，也可以说是并未确实地形成。"[①]并论证了"有"和"无"的理由："有"的理由是，的确有这么一批作家在孙犁的培养下发表了一批风格接近的作品。"无"的理由是，和赵树理的"山药蛋派"比，孙犁未和当时河北同时代的大部分作家共同形成流派，而只是与一些青年习作者产生互动，形不成成熟的流派；而且，1956年起，"孙犁主要是因病，同时也可能还有其他原因，基本上不写小说了；而刘绍棠、从维熙等青年作家则由于在政治上发生了不成问题的'问题'，被从文学创作的园地里'清除'了出去；韩映山、冉淮舟等青年人固然还在勉力沿着原来的路子进行创作，但在'左'的政治气候之下，似乎也不能像以前那样尽情抒写了。这样，这个略具规模的'流派'就不但未能巩固和发展，反而削弱了，甚至解体了"[②]。持与"无"的相近观点的还有鲍昌和阎纲。不过，这种观点也值得商榷,不成熟、未能巩固和发展,并不等于不存在。

至于几部文学史上说到的孙犁不承认这一流派的存在,实际情况又是如何呢?这必须说到孙犁和《天津日报》副刊《文艺周刊》的情况。《天津日报》创刊于1949年1月17日,孙犁与郭小川、方纪等人都是创办者。1949年3月24日,《天津日报》创刊纯文学副刊《文艺周刊》,方纪任副刊科科长,孙犁任副刊科副科长。1950年5月,方纪调离《天津日报》,《文艺周刊》实际上就由孙犁主持了。孙犁办刊,有着自己一贯的办刊理念,他曾不止一次地申明:"刊物要有地方特点,地方色彩。要有个性。要敢于形成一个流派,与兄弟刊物竞争比赛。"③"物以类聚,文以品聚。虽然是个地方报纸副刊,但要努力办出一种风格来,用这种风格去影响作者,影响文坛,招徕作品。不仅创作如此,评论也应如此。如果所登创作,杂乱无章,所登评论,论点矛盾,那刊物就办不出自己的风格来。"④因此,在孙犁的发现、支持和帮助下,围绕着《文艺周刊》,迅速形成了一个风格相近的青年作家群体。据有关研究者统计,1949年到1966年期间,发表于《文艺周刊》上的与孙犁风格相近的作品至少有九十多篇。⑤孙犁通过书信、书评、作序等方式支持、培养了这些作家,并且还积极联系出版社将他们的作品结集出版。"荷花淀派"的骨干成员从维熙、刘绍棠、韩映山等都深情回顾过孙犁对他们创作成长的影响。从维熙说:"如果说我的文学生命孕生于童年的乡土,那么孙犁的晶莹剔透的作品,是诱发我拿起笔来进行文学创作的催生剂。"⑥刘绍棠说:"孙犁同志把《文艺周刊》比喻为苗圃,我正是从这片苗圃中成长起来的一株树木。饮水思源,我多次写过,我的创作道路是从天津走向全国的。"⑦韩映山说:"50年代初,当我还在保定一中念初中的时候,就喜欢读《文艺周刊》发表的作品。它虽是报纸上的周刊,其文学性质却是很强的,作品内容很切实,生活气息很浓厚,格调很清新,语言很优美,有时还配上一些插图,显得版面既活泼健康,又美观大方,没有低级趣味和小家子气,更没有那些谁也看不懂的洋玩意儿。"⑧种种迹象表明,"荷花淀派"的确是存在的。

那么,孙犁在20世纪80年代初为什么不承认有一个"荷花淀派"存在呢?孙犁在1982年1月12日写给评论家冯健男的信中说:"关于流派之说,弟去岁曾有专题论及。荷派云云,社会虽有此议论,弟实愧不敢当。自顾不暇,何言领带?回顾则成就甚微,瞻前则补救无力。名不副实,必增罪行。每念及此,未尝不愧怍交加,徒叹奈何也。"⑨在这里,孙犁更多的是一种自谦,倒不一定就是真的否定"荷花淀派"的存在。也许下面的这段话可成为孙犁不承认"荷花淀派"存在的证据:"我做工作,向来萍踪不定,但不知为了什么,在《天津日报》竟一呆就是三十多年,迄于老死。虽然呆了这么多年,对于自己参加编辑的刊物,也只是视为浮生的际会,过眼的云烟,并未曾把精力和感情,胶滞在上面,恋恋不舍。更没有想过在这片园地上,插上一面什么旗帜,培养一帮什么势力,形成一个什么流派,结成一个什么集团,为自己或为自己的嫡系,图谋点什么私利,得到点什么光荣。"⑩在这里,孙犁的说法显然带有某种情绪,联系前文所说的:"现在有的同志,在文字中常常提到,《文艺周刊》是我主编的,是我主持的,有的人甚至说直到现在还是由我把持的,这都是因为不了解实际情况的缘故。至于说我在《文艺周刊》,培养了多少青年作家,那也是夸张的说法,……人不能贪天之功。"⑪这篇文章写于1983年4月,是孙犁结合文艺界的发展和个人经历所发出的个人感悟。早在《文艺周刊》即将创刊的一次"文艺座谈会"上,时任副刊科科长的方纪就说过:"过去旧的文艺周刊往往是几个人的小园地,我们所以没有一开始就搞,也是害怕弄成那样。现在副刊已开始和天津的群众建立了联系,有了搞文艺周刊的基础,因此,这个文艺周刊也应该是群众性的。在这个周刊上,我们是预备把一些反映人民生活更真实、更深刻的作品集中起来,在新文艺理论的建设上,要把毛主席提出的文艺方针具体地加以贯彻。"⑫这段话,实际上是考虑到当时的大形势,在告诫不要把刊物变成过去的"同仁刊物"的警示。后来直至"文革",对宗派主义、"裴多菲俱乐部"等的反复讨伐,孙犁不能不心有余悸,何况直到当下还有人散布孙犁"把持"着《文艺周刊》的流言蜚语。可见,不承认是不是别有隐情呢?据此就否定"荷花淀派"的存在,是不客观的。

我的看法是,"荷花淀派"是存在的,它如此坎坷的命运,恰恰说明了它在当时的边缘化位置,也说明了这一流派的独特价值和别样的意义。

二、"荷花淀派"的历史意义

1945年5月15日,延安的《解放日报》文艺副刊上发表了孙犁的小说《荷花淀》，顿时给解放区文坛吹来一股清新明丽的风。正像孙犁说的："这篇小说引起延安读者的注意，我想是因为同志们长年在西北高原工作，习惯于那里的大风沙的气候，忽然见到关于白洋淀水乡的描写，刮来的是带有荷花香味的风，于是情不自禁地感到新鲜吧。"[13] 我觉得，新鲜是一个方面，更重要的是，孙犁为解放区的革命文学引进了一种新的审美范式，它极大地提升了革命文学的审美品格，为革命文学成为真正的文学作出了开创性的贡献。

众所周知，解放区文学最初的发展是在对"五四"启蒙文学的继承与反拨中开始的。毛泽东同志的《在延安文艺座谈会上的讲话》（以下简称《讲话》）号召解放区文艺要为工农兵服务，要走大众化的道路。此外，《讲话》还用了大量篇幅讨论"普及"与"提高"的关系。在文艺后来的发展中，该《讲话》的精神不断延伸，逐渐形成文艺要走大众化、民族化、通俗化的道路的共识。赵树理1943年出版的《小二黑结婚》，率先垂范，以真正的农民文学的姿态实践了《讲话》大众化的要求。赵树理被树立为新文艺的方向，成为解放区文学的主流，也是顺理成章的。平心而论，赵树理的文学创作是有着重要革命性意义的。他改变了"五四"文学那种过分欧化的语言与启蒙者高高在上的精英姿态，使得自己的小说更加接近农民，从而成为中国共产党领导的"革命启蒙"的大合唱中的领唱。我一直认为，"五四"启蒙是一种由精英知识分子领导发起的精英启蒙运动，在中国思想文化史上意义重大，然而，我们也不能否认它严重脱离群众的倾向；而由中国共产党领导的中国革命，从文化上看，实际上也是一场"启蒙运动"，这种启蒙直接面对最广大的工农大众，旨在唤醒他们的阶级意识和思想觉悟，为建立一个由工农当家做主的新型的"民族国家"而奋斗。启蒙农民是要让他们变成革命中独立的自觉的个体，首先唤醒他们投身革命的独立的个人意识，同时又要唤醒他们自觉的集体意识，"革命启蒙"就是要让个人意识与集体意识完美统一起来（可惜这一初衷并未很好地实现）。按照马克思对共产主义的理解："代替那存在着阶级和阶级对立的资产阶级旧社会的，将是这样一个联合体，在那里，每个人的自由发展是一切人的自由发展的条件。"[14]可见，共产主义革命的初心就是要实现共产主义这一最终目标，因此，"革命启蒙"首先是政治启蒙，而实现政治启蒙的最好方式是文艺。由于服务的对象不同，文艺的形式也要求随读者的阅读水平和品位而变化，因此，赵树理的小说，采用评书体的通俗形式，这一形式几乎成为当时革命文学的普遍形式，比如后来成为"山药蛋派"骨干的马烽、西戎的《吕梁英雄传》（1946年4月），还有柯蓝的《洋铁桶的故事》（1946年7月），袁静、孔厥的《新儿女英雄传》（1949年8月），直到新中国成立后出版的《林海雪原》《敌后武工队》《铁道游击队》《烈火金钢》等都采取这种模式。这种模式显然继承发展了中国传统文学中的说书传统。这一传统由于它的民间性、通俗性受到广大工农大众的喜爱。但也毋庸讳言，这种模式在艺术性上还是有欠缺的。

恰恰是孙犁的小说：《荷花淀》《芦花荡》《嘱咐》以及新中国成立后创作的《山地回忆》《风云初记》《铁木前传》等，加上孙犁影响下的"荷花淀派"诸如刘绍棠、从维熙、韩映山、房树民、冉淮舟等的创作，弥补上了革命文学艺术上不够完美的这一缺陷。细究较之，孙犁及其影响下的"荷花淀派"实际上链接的是中国文学中的抒情传统（这里所说的抒情传统与普实克、陈世骧、王德威等人所说的并不完全一样），这一抒情传统在现代文学中就是以废名和沈从文为代表的京派文学传统。废名、沈从文是把小说当诗和散文来写的，他们特别善于营造诗情画意的美的意境，在这一"田园牧歌"的意境中展现人情美和人性美。孙犁完全继承了这一传统，孙犁的小说实际上就是诗，也是画，《荷花淀》开头那段著名的景物描写：银白的月光，洁白的苇眉子，雪花般的席子，还有朦胧的水淀、清新的荷花香……在这如诗如画的风景画中，烘托出美丽的、贤淑的编席女人……当然孙犁对这一诗化的抒情传统进行了改造，就像有论者所说的，孙犁与京派的区别"是在人物塑造上，前者是注入了新的时代和阶级内容的人性和人情美，而后者则是完全返归自然的人性和人情美"⑮。将"革命"的新质素引入抒情传统中去，将新人的传统人情美、人性美与革命的乐观主义、英雄主义和谐统一起来，从而一扫废名、沈从文抒情中的忧郁而变得爽朗起来。可以说，以孙犁为代表的"荷花淀派"找到的是革命文学民族化的另一条路径，这条路径典雅高贵，受到革命队伍中知识分子的普遍欢迎是显而易见的，但在当时的情境下，它注定不能成为主流而始终处在边缘化位置也是不言而喻的。

我觉得，孙犁及其"荷花淀派"还继承了另一个传统：史传传统。史传传统的核心是"实录"精神。这种"实录"精神比之于小说，

对话王力平：捕捉时代的精神特质

就是现实主义。对于现实主义，孙犁认为应该有"三真"，即"真实、真诚、真正的激情"。"真实"就是"信史性"，就是要"忠实于现实"，要敢于对历史负责；"真诚"就是作家要以求实求真的科学精神、真诚人格和艺术良知面对现实；"真正的激情"就是作家的主观审美意识，这种意识来源于生活又反射于生活，"在现实生活里，充满伟大的抒情"[16]。这样孙犁就把抒情传统与史传传统结合起来，构成他对现实主义的理论建构。孙犁并不喜欢谈论浪漫主义，因此，我们不妨将他的创作及其"荷花淀派"称为"诗化现实主义"。诗化现实主义是说它在审美形态上的抒情性，而在对生活的表现上又是充分现实主义的，它以极具个人化的方式写出现实的深度和广度，以及生活的复杂性。比如《铁木前传》，我觉得这是孙犁最为优秀的小说。小说充分体现了孙犁从生活出发而不是从概念出发的写作理念。小说表面上好像是写合作化运动，写铁匠与木匠两个阶级兄弟由于走不同道路而分道扬镳的故事，但实际上写的却是作者对童年生活的向往和回忆。为什么要写木匠和铁匠？是因为在孙犁的童年印象中，木匠和铁匠是最有趣的两种职业。孙犁在谈到《铁木前传》的写作起因时说："它的起因好像是由于一种思想。这种思想，是我进城以后产生的，过去是从来没有的。这就是：进城以后，人和人的关系，因为地位，或因为别的，发生了在艰难环境中意想不到的变化。我很为这种变化所苦恼。"[17]农村生活特别是童年生活的无拘无束、活泼畅快以及人际关系中的淳朴、真诚、平等都与进城以后的等级地位形成对比。由此可见，厌恶城市，怀想乡村童年生活的价值取向的核心是对自由、真诚和平等的呼唤。在这里既体现了孙犁对五四时期自由平等思想的承接，又有对传统文化中贵农贱商、为富不仁等观念的认同，同时又与主流文化中对资本主义的批判不谋而合。《铁木前传》对六儿、小满儿的处理上，充分体现了孙犁的思想矛盾性。六儿与有夫之妇小满儿相爱，这是革命伦理和传统伦理都视为大逆不道的事情，因此孙犁使用了"鬼混"这一贬义词来加以评判，然而，孙犁对六儿与小满儿的真诚的爱情又充满同情乃至赞扬，这显然又是五四新文化的伦理标准。可见，在孙犁身上，传统文化、革命文化、五四新文化都混杂在一起，构成孙犁的矛盾心理，从而使作品具有了丰富的审美内蕴和阐释空间。不仅是孙犁，"荷花淀派"的其他作家尽管没能达到孙犁的思想深度，但也在努力以诗化现实主义的方法描摹生活。从维熙的《南河春晓》、刘绍棠的《田野落霞》《西苑草》等作品也在努力规避公式化、概念化对创作的影响，试图从日常生活本然的面目中提炼出诗性的美感。

三、"荷花淀派"对当下的启示

"荷花淀派"作为流派，似乎存在的时间不算长，但影响却是巨大的。改革开放之初，贾平凹、铁凝、莫言无不受到孙犁的关怀和影响。贾平凹曾言，他早年修水库时从工友那里读到一本强烈吸引他的作品，由于看的人多，封面封底都撕掉了，后来上了大学才知道这本书的名字叫《白洋淀纪事》，作者是孙犁。竟是这本书"煽动起了"贾平凹的写作热情。[18]1981年4月30日，《天津日报·文

对话王力平：捕捉时代的精神特质

艺周刊》发表了贾平凹的散文《一棵小桃树》，编辑孙犁读完了这篇作品，马上写了一篇《读一篇散文》的评论发表在《人民日报》上，对该作品给予了热情赞扬。从此以后，贾平凹与孙犁成为文学上的忘年交，书信不断。据有关研究，孙犁写给贾平凹的信有六封，评论文字有四篇，可以说，孙犁直接引领了贾平凹早期的创作。[19]贾平凹在《一匹骆驼》中记载的那匹送给孙犁的唐三彩骆驼的故事已成文坛佳话。莫言的短篇小说《民间音乐》，1983年发表于《莲池》杂志，孙犁在《读小说札记》中评论了这篇小说，他认为这篇小说的写法"有些欧化，基本上还是现实主义的。主题有些艺术至上的味道，小说的气氛还是不同一般的，小瞎子的形象，有些飘飘欲仙的空灵之感"[20]。正是由于孙犁的这篇评论，使莫言有幸得到徐怀中的青睐而被破格录取为解放军艺术学院文学系的学生。铁凝与孙犁，佳话更多。《灶火的故事》在磨难中被孙犁刊载于《天津日报·文艺增刊》；《哦，香雪》曾得到孙犁先生发自内心的称赞："这篇小说，从头到尾都是诗，它是一泻千里的，始终一致的。"[21]"这是一首纯净的诗，即是清泉。它所经过的地方，也都是纯净的境界。"[22]而铁凝在十六岁时，徐光耀让她多读读孙犁的作品，铁凝说孙犁的小说她都读过，还说《铁木前传》差不多能背过了。只要看一下孙犁的小满儿、蒋俗儿、双眉等之于铁凝的小臭子、小袄子、白大省、西单小六、唐菲等，就可以想见两人的师承关系了。贾大山也是深受孙犁影响并被孙犁特别关注的一位作家。贾大山说："小时候，我和戏园子做邻居，于是爱上了戏剧，到了中学里，又爱上了文学，喜欢阅读鲁迅、孙犁、赵树理的作品,也喜欢古体诗。"[23]而孙犁也十分关心这位老乡的创作。1981年12月21日,在《小说的结尾》一文中,孙犁写道:"贾大山的《花市》,意义与李志君作品相同,而为克服结尾处的概念化,作者是用了一番脑筋的。但主题似又未得充分发挥,可见结尾之难了。"[24]1995年初,孙犁在致徐光耀的信中称赞贾大山的小说是农村农民自种自吃的新鲜绿色的棒子面:"读贾大山小说,就像吃这种棒子面一样,是难得的机会了。他的作品是一方净土,未受污染的生活的反映,也是作家一片慈悲之心向他的善男信女施洒甘霖。"[25]两个作家如此心心相印,说明他们之间在审美旨趣上的一致之处。当然贾大山后期小说中的禅味更浓重一些。

还有一些作家,虽然没有机会与孙犁产生互动,但他们的作品的确都不同程度地受到孙犁的影响,尤其是河北的一些作家。比如阿宁曾言:"在国内的这些作家中,对我影响最大的要算孙犁。他是一个很美的作家,他的作品不受时代的局限,具有广泛性、概括性,写的东西更为久远,如《铁木前传》等,百看不厌。特别是他的作品中渗透出的人文精神,对我的影响很大。"[26]阅读阿宁,其小说那种柔美清丽与孙犁的作品风格确实很像。还有刘建东、李延青等人的小说中,不时闪现孙犁、铁凝的身影,也是不争的事实。而侨寓在北京的河北籍作家付秀莹,由于写了《陌上》,被大家指认为"荷花淀派"的新传人也不是没有道理的。《陌上》的那种风景画、风俗画,简洁而又优美清新的文字,都颇具"荷花淀派"之神韵。试想一下,文学史上还有哪一个作家能对后世几代作家产生如此持续广泛的影响?这充分说明孙犁及其"荷花淀派"的永恒魅力。它启示我们,文学在正确的政治方向确定之后,审美永远是最高准则。

有人认为孙犁是革命文学中的"多余人"(杨联芬语),主要是从孙犁的"边缘人"地位出发来看他与主流文学的疏离或曰游移。而这又恰恰说明孙犁坚守自己的审美理想,不随波逐流的高洁人格。孙犁对功利化的图解政治、附和政策的写作倾向一直是坚决反对的。他特别强调文学作品的艺术性:"一部作品有了艺术性,才有思想性,思想融化在艺术的感染力量之中。那种所谓紧跟政治,赶浪头的写法是写不出好作品来的。"[27]孙犁认为:"创作的命脉在于真实。这指的是生活的真实,和作者思想意态的真实。这是现实主义的起码支点。现在和过去,在创作上都有假的现实主义。……他们以为这种作品,反映了当前时代之急务,以功利主义代替现实主义。这就是我所说的假现实主义,这种作品所反映的现实情况,是禁不起推敲的,作者的思想意态,是虚伪的。……作品是反映时代的,但不能投时代之机。凡是投机的作品,都不能存在长久。"[28]我想孙犁的这些文学观念,不仅在当时具有振聋发聩的意义,即便在今天仍具有重要的启示意义。文学有自己的规律,这就是审美的规律,以审美的方式把握时代精神,将时代精神含蕴在审美的表达中,才有可能产生伟大的具有恒久魅力的高峰之作。

当然,孙犁及其"荷花淀派"对后世的影响,自然与孙犁个人艺术人格的魅力有关,但更重要的乃是来自孙犁背后强大的传统——中国抒情传统与史传传统。正是这一传统的审美范式影响了后世作家。从前面的论述可以看到,寻找这一传统的过程也是孙犁在革命文学内部探索、寻觅文学的民族化、大众化路径的过程。作为一个革命文人，孙犁并不反对革命文学开展的大众化、民族化、通俗化运动，甚至还身体力行，积极实践。抗战胜利后，孙犁回到冀中家乡，受组织安排，创办《平原杂志》，就亲自提笔撰写了多篇通俗作品，不过孙犁对待大众化、民族化一直以来都有着自己清醒的认识。孙犁认为大众化、民族化的路径不是单一的，不能只有民间文艺传统这一条路，而应该是多元的，应该"新瓶装新酒"，广泛吸取西方文学以及鲁迅以来的新文学传统，当然还有中国的伟大的抒情传统和史传传统。在这多种传统的基础上，形成属于自己的大众化、民族化的艺术风格。从孙犁的文学观念及其文学实践上看，他的确实现了真正的民族化、大众化。而这种民族化、大众化继承和光大的是中华民族文化中最正宗、最优秀的文化，因而，其魅力也最为持久，最能打动后来人。今天，我们强调文学的中国书写、民族书写，孙犁及其"荷花淀派"的艺术经验是颇具借鉴意义的。

另外，孙犁对"荷花淀派"作家的培养、引导，是不是也给我们今天的刊物编辑工作带来有益的启示呢？

【注】

①② 马云、冯荣光编：《冯健男文集》第1卷，石家庄：花山文艺出版社，2009年，第135页。

③ 孙犁：《关于编辑和投稿》，《孙犁全集》第5卷，北京：人民文学出版社，2014年，第269页。

④ 孙犁：《我和〈文艺周刊〉》，《孙犁全集》第7卷，北京：人民文学出版社，2014年，第97页。

⑤ 参看布莉莉：《〈天津日报·文艺周刊〉与"荷花淀派"》，《中国现代文学研究丛刊》，2016年第2期。

⑥ 从维熙：《荷香深处祭文魂——悼文学师长孙犁》，《天津日报》，2002年7月25日。

⑦ 刘绍棠：《忆旧与远望》，《天津日报》，1983年5月5日。

⑧ 韩映山：《饮水思源》，《天津日报》，1983年5月5日。

⑨ 孙犁：《再论流派——给冯健男的信》，《孙犁全集》第6卷，北京：人民文学出版社，2014年，第339页。

⑩ 孙犁：《我和〈文艺周刊〉》，《孙犁全集》第7卷，北京：人民文学出版社，2014年，第96—97页。

⑪ 孙犁：《我和〈文艺周刊〉》，《孙犁全集》第7卷，北京：人民文学出版社，2014年，第95—96页。

⑫《文艺座谈会记录》，《天津日报》，1949年3月23日。

⑬ 孙犁：《关于〈荷花淀〉的写作》，《孙犁全集》第5卷，北京：人民文学出版社，2014年，第55页。

⑭ 马克思、恩格斯：《共产党宣言》，北京：人民出版社，2014年，第51页。

⑮ 丁帆、李兴阳：《论孙犁与"荷花淀派"的乡土抒写》，《江汉论坛》，2007年第1期。

⑯ 孙犁：《作品的生活性和真实性》，《孙犁全集》第3卷，北京：人民文学出版社，2014年，第377页。

⑰ 孙犁：《关于〈铁木前传〉的通信》，《孙犁全集》第5卷，北京：人民文学出版社，2014年，第369页。

⑱ 参看贾平凹：《我是农民》，北京：中国社会出版社，2006年，第130页。

⑲ 张莉：《念念不忘，终有回响——孙犁与贾平凹的文学互动》，《文艺争鸣》，2015年第1期。

⑳ 孙犁：《读小说札记》，《天津日报·文艺评论》，1984年5月18日。

㉑㉒ 孙犁：《谈铁凝的〈哦，香雪〉》，《孙犁全集》第7卷，北京：人民文学出版社，2014年，第91页。

㉓ 贾大山：《我的简历》，康志刚编：《贾大山文学作品全集》，石家庄：花山文艺出版社，2014年，第479页。

㉔ 孙犁：《小说的结尾》，《孙犁全集》第6卷，北京：人民文学出版社，2014年，第264页。

㉕ 孙犁：《致徐光耀》，《孙犁全集》第11卷，北京：人民文学出版社，2014年，第406页。

㉖ 《我省当代作家谈自己喜欢的当代作家》，《燕赵都市报》，1999年10月14日。

㉗ 孙犁：《文学和生活的路——同〈文艺报〉记者谈话》，《孙犁全集》第5卷，北京：人民文学出版社，2014年，第232页。

㉘ 孙犁：《致铁凝信》，《孙犁全集》第5卷，北京：人民文学出版社，2014年，第378—379页。

对话王力平：捕捉时代的精神特质

"乡土日常性"的双向突围与民间文化的探寻
——胡学文《有生》论

胡学文的长篇小说《有生》自发表（出版）以来，一直是文学界热议的焦点，充分说明这部耗时八年的小说的确有其过人之处。目前对《有生》的评论和研究主要集中在"生命史"、"伞状结构"、叙述视点、家族小说等方面，但对《有生》的深层意蕴的研究上却语焉不详。《有生》究竟在写什么？这种写法究竟是为了什么？或者正如李敬泽所问的，这部小说与同类小说究竟有何独特之处？这些疑问，恰是我这篇文章要努力解决的问题。

一

"伞状结构"是论者谈论最多的一个话题，这也是胡学文最为得意的神来一笔。将祖奶作为"伞柄"讲述自己的百年人生，而其他五位人物作为"伞布（骨）"各自演绎自己的人生故事，如果没有"伞状结构"这一说法，《有生》实际上成为各自独立的多个故事的"组装"；有了"伞状结构"，祖奶的百年人生故事与如花、罗包、毛根、杨一凡（北风）、喜鹊五个"伞布（骨）"人物的故事就变成一个整体,胡学文在后来的记者访谈里又把"伞状结构"修改为"树状结构",其实是在进一步强调这一结构的整体性与生长性:"百岁祖奶是粗壮的树干,其他人物更像枝叶,祖奶把他们引渡到人世,他们从生到生命终止的过程中面临困境亦要向祖奶倾诉,是一种精神滋养。"① 评论家王力平在谈到这一结构时认为:"作为伞柱的祖奶的百年人生故事与作为伞骨的五位视点人物故事之所以具有一种整体性的审美效应,主要在于他们都面临着人生的困境,因此,他们的故事虽然各自独立,少有外在故事上的联系,但在人生困境上具有了内在的同构关系。"② 这些说法自有其道理,不过在我看来,不管这种"伞状结构"或曰"树状结构"有无内在联系,这种结构上的整体审美性仍然成立。因为这种"伞状结构"或曰"树状结构"呈现了生活的本然面貌,胡学文的高明之处就在于他没有"特意"营造故事的连贯性,而是按照生活的本然面貌将这一个个关联很少的故事装置在共有的时空里。祖奶从河南虞城逃荒来到塞外的宋庄,由锢炉匠而成为接生婆,在百年的时间长河里,是最具历史沧桑感的一个人物;而其他五个视点人物,他们都由祖奶接引到世间,他们自然也有着自己的历史故事,他们也从时间中来,他们与祖奶交织共在于宋庄这一个空间里。在这样的一个乡土空间里生存,注定了不可能具有大起大落的传奇性故事,他们活着,活在鸡毛蒜皮的乡土日常生活中。"乡土日常性"成为《有生》时空体的最大特点。乡土日常性就是作为底层宋庄人的恒常的生存本身,他们操劳于斯,生老病死于斯,正像胡学文所说的:《有生》写的就是生和活,生是开端,活是过程。这种如蚁人生,卑微而琐碎，这就是当我初读《有生》时，竟然找不到阐释的合适抓手的缘故，它打碎了我们以往对百年家族乡土小说在审美上的惯性思维，我们期待的阅读视野悬空了。而就在我们"悬空"的地方，恰恰是《有生》要极力追求的，这就是辩证地处理历史的风云性、变动性与乡土生存的日常性、恒定性之间的关系。

对历史的倚重是我们的一个传统。进入现当代以来，人们对长篇小说特别是具有一定时间跨度的长篇小说，有了一个似乎是秘而不宣、不约而同的审美判断——史诗性，史诗性重在史，被称为史诗性的小说往往依赖于历史上的重要节点事件，因此，这样的小说，"时间"具有优先的地位。综观新文学史以来的大部分长篇小说，都是如此结构作品的，"民族寓言、家族史诗如群山连绵，胡学文偏向群山而去"（李敬泽语），这的确需要有足够的勇气和识力来冒险。为此，胡学文的做法是，他将历史作为背景，淡化历史节点事件的历史学和社会学意义，而有意识地放大了生存本身的微观细部，写出了生的惊心动魄、活的艰难困苦、死的悲惨凄切。为此，小说没有采用直接沉入现场铺展开来的写法，而是让祖奶作为叙述人用"一个白日，一个夜晚"的时间，追忆自己百年的人生故事。这也是胡学文颇为自得的一种叙述视角。这样一种视角不是惯常意义上的第一人称视角，由于它的感知力"溢出"了第一人称，因此，王春林把以祖奶为视角的第一人称叙事叫作"第四人称叙事"，[3]王力平则称作"超限"视角叙事[4]。"第四人称叙事"也好，"超限"视角叙事也好，它的主要功用正在于恰如其分地实现了将历史节点事件作为背景，而突出生存感受的这一写作目的。让祖奶这一饱经沧桑的女性来回忆百年人生，对她最为刻骨铭心的只能是生命中的锥心事件。比如自己出生时的"踩地生"（这是作为接生婆的感同身受），以及后来自己成为接生婆后遇到的各种难产事件："踩地生"、"撒地生"、"坐地生"、"花地生"、"横地生"、"闷地生"、死胎种种；还有死：逃荒路上母亲难产而死，遭遇土匪父亲的死和自己的被奸污，第一任丈夫李大旺的被狼吃，以及自己九个儿女的死；当然还有吃：李富伯家人的舔碗，李二妮吃猪蹄卡了嗓子，光棍五魁被撑死，饥饿年代乔秋一口气吃二亩地的土豆而被撑死；再就是欲：乔枝的为情所困，毛根与宋慧的欲的煎熬，如花对钱玉的痴，罗包与麦香、安敏之间的恩恩怨怨，喜鹊与乔石头、黄板之间的爱恨情仇，等等；自然还有病：李大旺的傻，钱宝的呆，毛小根的嗜睡症，北风的失眠焦虑症，宋慧的受虐狂倾向，等等。可见这些生活中的生老病死、衣食住行、爱恨情仇、家长里短与历史上的大事件关系并不是很大，尽管我们在祖奶的追忆中，也可以看出"那一年朝廷又换了皇帝"、"皇帝没了"、"伪蒙疆政府"、"日本人来了"、人民公社、三年困难时期、改革开放等重要的时间节点，但这些事件的"时间"意义已经弱化，重要的是"空间"意义。让祖奶用"一个白日"和"一个晚上"去追述百年的人生过往，并穿插现实中的麦香、宋慧、宋品、乔石头、毛根等日常诸事，实际上起到了时空压缩的作用。时空压缩是说时间尽管长达百年，但从生存意义上看，每一代人的生命历程和处境都是循环往复的，时间似乎裹足不前，唯有空间广袤无边。人生如蚁，苦海无边，知生之艰辛，才有活之强韧。这恐怕才是《有生》在乡土生存的日常

对话王力平：捕捉时代的精神特质

性中凸显生命意义的要旨所在。

当然，历史是回避不了的，胡学文要突围的是历史决定论的围困，而不是历史本身。其实在《有生》中，历史隐约可见，如帘幕背后听政的老妪。从1900年到2000年，恰是中国社会历史剧烈变动的百年，这种变动不可能不波及人的日常生活。比如乔大梅出生的1900年，发生了八国联军侵占北京城、剿灭义和团运动等大历史事件，清政府风雨飘摇，世道大乱，民不聊生。然而这些历史大事不可能直接影响到乔大梅一家的生活，但这些历史大事构成一种大背景是完全可能的。小说一开始便是锢炉匠父亲遇饥民抢劫大户侯家，并且差点儿送命，预示着世道的巨变要开始了，但这一惊心动魄的事件被作者放到一个次要位置上加以处理，而重点处理的是乔大梅的出生。"那是一九〇〇年八月，再有一个月，她的孩子就要出生了。"把乔大梅的出生安排在1900年的8月（早产一个月），不知作者是否有意而为？那年的8月八国联军占领北京城，慈禧太后带着朝廷官员仓皇出逃西安，天下大乱，大户侯家被饥民抢掠一空，正是历史事件在乱世的反映。不过小说详细书写的却是乔大梅早产这件事。身怀六甲的母亲如何在家等待父亲回家，如何心烦意乱，如何与聒噪的蛤蟆大战，如何动了胎气要临盆；死里逃生的父亲如何找接生婆，胎儿却是"踩地生"，接生婆如何慌张要溜之大吉被父亲喝止，好不容易出生的胎儿如何毫无声息，又是如何气息回转云云，一五一十，仔细道来，使得这种"生"的惊心动魄明显盖过了饥民抢劫——"史"的惊心动魄。这显然是胡学文的一种新的写法，如果将这两种事件反过来写，那将不是现在的《有生》了。

同样的处理方式在《有生》后面的情节里也是如此：比如，李春的死与"伪蒙疆政府"，共和国成立后，新法接生对祖奶接生婆职业的影响，乔秋的撑死与饥荒年代，乔石头的发迹与改革开放，"强拆"与90年代，等等。淡化历史而不是忽略历史，标志着胡学文辩证地处理了历史的风云性、变动性与生存的日常性、恒定性之间的关系，为长篇乡土小说的写作提供了新的范例。

二

王力平在谈到《有生》的"超限"视角为什么不用第三人称而用第一人称的原因时，认为"小说选取第一人称视角，由祖奶讲述自己的百年人生，是把祖奶'接生是天道'的选择与坚守、舍与得、功与过，始终放置在祖奶自觉的主体意识烛照下，展开叙述、审视、反思和评价。这意味着面对祖奶的选择与坚守，作家精心构建并坚持了一种审视与评价的排他性"⑤。可以说，王力平的发现是敏锐的，但可惜的是没有进一步开拓下去，没有展开除了人物形象塑造之外的文化功能的探寻。实际上，胡学文之所以让祖奶充当这个叙述人，除了我在上面说到的抵抗历史决定论的围困之外，还有一层更大的功用，就是抵抗日益加剧的现代化的全方位围困和冲击。作为一个重要的乡土作家，胡学文深深感到了在现代化的围困面前，乡土文化不可逆转的萎缩、坍塌乃至消亡的悲剧命运。胡学文说："中国文化的根脉在乡村，至少是最发达的一支。现代化的冲击，乡土文化萎缩，甚至崩塌、消失，痛惜哀叹或冷漠无视，乡土文化在告别曾经的辉煌,几乎不可逆转。我只是试图在文学中将其部分复活,也只有家族百年的作品可以承载或部分承载。"⑥可见,祖奶的第一人称叙事,正是为了让她"自我呈现",她的排他性,针对的更多的是来自知识分子的现代启蒙和政治视角,回归到乡土文化自身,让这一本源的文化自我呈现,确实类似于一种"民族志"式的方式。

现代化是以科技、理性、计算的方式推进的工业化、科技化、都市化的动态过程,它有着被认为是代表着社会进步趋向的不可逆转的发展方向。因而在文化上、价值上具有高度同质化现象。向着都市化的一路狂奔,乡土文化的多样性、丰富性日益受到挤压、围困乃至被吞噬。比如生活中的一些职业的消逝,其实也是一种价值、一种思维方式、一种文化的消亡。乔大梅作为锢炉匠、接生婆的职业被工业、科技所替代,正是如此。胡学文着力塑造的接生婆乔大梅形象,正是对消亡的乡土文化的一种修复和留念。这种修复和留念,不能被别人塑造、观看,因为在一个时期以来,知识分子眼中的乡土和农民都是惨不忍睹的愚昧和麻木,是需要启蒙唤醒的对象,当然这也是"五四"以来启蒙书写的主调,从现代性的历史发展角度看,是无可厚非的,但启蒙视角恰恰是现代性吞噬传统性的合法依据;还有一种视角,则试图将乡野山民理想化,企图构建寄寓美好人性的"希腊小庙",这也是一种"被看",它也同样有着会将乡土文化"迷失"的危险。当然,胡学文并不是要否定前人的成果,而更多的是出于一种"影响的焦虑",而最大的焦虑是当今现实生活中现代化步步紧逼下的乡土民间文化的日渐消亡的危机。于是,让祖奶自述、自我呈现的民族志式的方式成为最大限度地剔除"旁人观看视角"的最佳选择。

  胡学文通过祖奶自述，呈现了一个真实的、生动的、独特的接生婆形象。乔大梅为什么能够成为一个受人敬仰乃至膜拜的接生婆，并非来自科学知识和现代文明的滋养，而恰恰是出自自然的天性和对生命本身的敬畏与切身体验，以及来自民间的朴素的行业自律。从职业的角度看，乔大梅选择接生婆不单是为了谋生，而是她在亲见亲历了两次死亡、一次生产和多次磨难，洞悟了生命生存真谛后的一种自觉选择。在做接生婆之前，乔大梅的职业是锔炉匠，这是她父亲为她选择的谋生职业，而且希望她能到宫中去做个细瓷锔炉匠，皇帝没了，这一理想也随之破灭。她跟随父母流浪揽活儿的路上，遭遇了母亲的难产而死，乔大梅看到了嗜血的"蚂蚁大军"："先是黑蚂蚁，接着是白蚂蚁，红蚂蚁，密密麻麻，浩浩荡荡。蚁群在母亲细瘦的胳膊、隆着的小腹及翻转着血污的双腿间爬窜寻嗅。"⑦父女决定移居塞外宋庄时，也是"蚂蚁"坚定了北行塞外的决心：那只原本被父亲一泡热尿冲死的蚂蚁却并没有死，它奇迹般地复活，且顽强地爬回了自己的巢穴。父亲的惨死和自己被强奸时又看到"蚂蚁大军"："红的黑的白的，每只都带着腾腾杀气。……我目光痴傻，一动不动。胸口靠左一点的位置，拥挤了更多的蚂蚁。那是一个窟窿。父亲身体的大洞。红蚁黑蚁白蚁在争抢那个窟窿。蚁群互相撕咬、推打、击撞，蚂蚁的尸体越积越多，有一些掉进大洞，有一些被后来的蚂蚁踩在脚底，而同时，更多的蚂蚁后备军从各个方向往窟窿奔窜。蚁群要把那里作为洞穴吧，疯狂，残酷，不顾一切。"⑧"蚂蚁在窜"这一具有标志性意义的句子反复出现在祖奶的人生记忆中，可谓是刻骨铭心，蚂蚁的卑微而又顽强的生命意志和生存的勇气，给了乔大梅极大的启示："民国六年六月，在父亲的尸体旁，在与蚂蚁的鏖战中，我明白了很多东西。我仍是乔大梅，但整个人都变了。"⑨领悟了死和体验了生的乔大梅，第一次见到接生婆黄师傅就被深深吸引，黄师傅治好了她的"病"，因此她的第一次生产，也毫不犹豫地让黄师傅来接生，正是在这第一次接生中，乔大梅看到了黄师傅头顶的光芒。这光芒吸引着乔大梅，使她感受到了接生婆这一职业的神圣与崇高，从此坚定了要当接生婆的决心。然后是八次拜师七次被拒，第八次是因为说看到了黄师傅头顶的光，才打动了师傅被收进师门。黄师傅立下五条规矩，一曰忌贪，二曰忌躁，三曰忌怒，四曰忌仇，五曰忌惧。这种来自民间的自发的朴素而又严格的职业操守和道德戒律，成为乔大梅今后接生婆职业生涯严格恪守的做人规则和处事原则。她一生接生一万二千多人，且技术好，态度端正，在接生问题上不分高低贵贱一律平等，甚至土匪、日本人都一视同仁，有着极好的口碑，她成为善和仁义的化身，成为民间膜拜的偶像。

当然，胡学文注意到了通过祖奶自述的自我呈现的"民族志式方式"有可能出现的"选择性盲视"的危险，因此，在祖奶的自述中，始终有一个"反过来"的乔大梅在文本中隐约可见。当乔大梅执意要当接生婆七次被拒之后，她公公的一番话颇有深意："外边传闲话了，大梅，不怎么好听，就算黄师傅教你，怕也……没几人找你接生。……"⑩这种闲话其实一直伴随着乔大梅，从她出生时，接生婆欲言又止的话里就预示着一种不祥:"临出门,接生婆说,这孩子命……大。她肯定想说另一个字,只是觉得不妥,改了口。"⑪还有那个一直与她为"敌"的小姑子李二妮的那张嘴,甚至还有由于嫉恨其给日本女人接生的刘春,下死力踢断了她肋骨的那积攒了二十年怨气的拳脚,还有从乔石头嘴里呈现的仇恨与"清算"的戾气中,我们隐约看到了宋庄人对祖奶的言语乃至肉体暴力的过往……这些闲话的非议乃至不恭行为,正是民间社会礼俗对乔大梅的另一种评判:她命硬又不洁,妨死父母,遭人奸污,未婚的婆家弃婚,注定了她未来命运的多舛,而且后来的桩桩事件也证实着这一切,比如她三任丈夫的先后被"克"死或离去,九个儿女的暴死,甚至到小说的结尾,她唯一的孙子乔石头也将先她而去,等等,都昭示着这是一个比祥林嫂还要悲惨的女人,如果不是接生婆的身份,乔大梅早就被社会礼俗唾弃了,而且,对于乔大梅而言,接生也是她抵抗悲剧命运的一种生存的内在要求。由此可见,社会礼俗中的乔大梅与祖奶自述中的乔大梅是"两个"乔大梅。从被唾弃的"扫帚星"乔大梅到被膜拜的"活菩萨"祖奶,其间需要付出多么巨大的生命代价啊!

三

胡学文创作《有生》是有着极大"野心"的。他通过塑造祖奶形象,通过历史与现实的交织,试图最大限度地恢复和留存民间乡土文化的丰富样貌。正像作家李浩所说的,"《有生》也算是农村

对话王力平：捕捉时代的精神特质

人性百态的'百科全书'式图谱，与之相匹配的是书中所展示的胡学文写作中博物志的理想、风物志的理想，以及民俗志的理想，胡学文巧妙地将它们一一揉碎，散落于小说的叙事中，和小说故事水乳交融"⑫。是的，阅读《有生》我们的确感到了这种"百科全书"式的宽宏、丰厚和浊重。小说中，人活着，动物鸟虫活着，花草树木活着，甚至山石田土也是活的，万物有灵，神秘而自然。小说的原题叫"万物生"，明确寓涵着这种大地苍茫、万物生长、生生不息、自然天道的寓意。胡学文毫不掩饰自己对乡土民间的热爱，在他的笔下，大地和自然都是有性灵的，无论是大地上的繁花碧草、葳蕤树木，还是天上飞舞的蝴蝶、喜鹊、乌鸦，甚至连那肃杀的黑旋风、白毛风、黑雨种种自然天象，都在他的笔下栩栩如生，神秘奇诡。胡学文将民间文化中的自然崇拜有根有据地摆放出来，唤醒了多少人久违的乡土记忆啊！

还有生殖崇拜。可以说，《有生》的一个重要的意旨就是生殖崇拜。小说一开始写父亲捡来的那块半圆形的石头："石头是褐红色的，中间有一条白色带状纹，紧紧地勒着石头。"有了这块"褐红色圆石"，结婚两年有余，吃药焚香怀不上孩子的母亲，终于怀上了乔大梅。"父亲认为那是块神石，是神石带来了好运。"从此这块"神石"便成了母亲的坐凳，即便后来全家逃荒，父亲也要带着这块"神石"上路。另外那一堆聒噪的"蛤蟆"和门前如"蛇"的小路，是否与生殖的寓意也关联紧密呢？这一类似于"女娲造人"式的故事，通过"褐红色圆石"这一生殖图腾展现出来，也奠定了小说生命寓言的叙述基调。乔大梅仿佛就是"女娲抟土"造出的"第一个人",她的天生的"柳叶手"和进取心,宿命般地成就了她引渡生命的"超人"神话。

　　超人神话,超人崇拜,是中国乡土民间文化的又一重要特点。而且乡土民间文化又是趋向于制造神话的。乔大梅由乔大梅到祖奶,乃是这种文化制造的结果:"我就是个老朽的接生婆,可经过一张又一张嘴,经过渲染、传说及秘不可言的眼神,最终成了神婆。"⑬"在传言中,我越来越神,说我不只能掐准日子,还能掐准钟点,说我念动咒语,可改变胎儿的性别。"⑭于是,年逾百岁,瘫痪在床,不吃不喝,不言不语,只能闻香餐风,唯有嗅觉和听觉还算灵敏的祖奶,成为万人膜拜的超人和神仙。许多遇到各种困惑和窘境的乡民前来向祖奶倾诉,瞻仰"仙容",以求得密启。当然,作为当事人的祖奶是清醒的:"这就是我的尴尬,一个半死不活的寻常人,却被奉若神明。我能触摸到坐在床前的每个人的哀伤,但不能给他们片言只语的劝慰和安抚。我能做的,就是安安静静当个垃圾箱,让他们把自己的委屈、忧伤、悲愤和难解的心事倾倒出来。是的,我不是圣人不是神仙,就是垃圾箱而已。我说过上万次,谁能听得到呢?"⑮由此看来,当事人清醒是一回事,众人膜拜又是一回事,乡土民间文化中的万灵崇拜、泛信仰,以及这种崇拜信仰的功利性、实用性正是这种文化的内在机制。由此可见,胡学文摒弃了单方面褒贬的态度,试图客观多面地展现和留存乡土民间文化的本然样貌。

　　值得注意的是,胡学文在塑造祖奶形象时,也有意无意地遵循了民间神话的结构逻辑:不同寻常的出生,传奇式的学艺经历,历经坎坷磨难的生平,最终修成正果。这种结构逻辑作为乡土民间的集体无意识,也积淀在历代的文学创作中,最典型的比如《西游记》《封神演义》等。可见乡土民间文化的血脉久远、根系深邃,从深层结构上看,《有生》触摸到了这一文化形态的多种原型。

当然,《有生》不是民间文化教科书,它是通过展示人物的日常生活来呈现的。较之现代城市生活的日常性,乡土民间生活的日常性是未经祛魅的日常性,它的神秘性、多样性使其具有了一种准传奇的品质。祖奶的塑造是如此,对于"伞布"上的现实生活中的五个视点人物也是如此。胡学文在描摹他们的生活时,同样准确而生动地凸显了其性格心理及文化逻辑。

如花和钱玉,是一对气味相投、脾性相近的夫妻,如花爱花,爱到痴迷,乃至疯癫,比如田里半园种菜,另半园种花,甚至房前屋后全是花;钱玉敢想,几近不靠谱儿,他甚至造过风力发电机、飞翔机等。如花与钱玉太浪漫,居然都爱天上的闪电,一旦遇到下雨天,两人足蹬雨鞋,身披雨衣,跑到野外去看闪电。为了满足如花赏花的癖好,钱玉不惜冒着犯法的危险,种植大烟花……这种种行径在乡野民间也会被认为是大脑有问题,不正常。当大哥钱庄训诫钱玉不要再瞎折腾时,钱玉说:"各人有各人的念想,各人有各人的活法,人活成一样的,就成机器了。"⑯这是问题的关键所在,钱玉和如花的痴和疯,正是充分享受自然、自在、自由,以多样性反抗同质化、机器化的一种表现。如此的如花当丈夫钱玉永远葬身矿井深处时,认为死后的钱玉变成乌鸦就顺理成章了。当毛根无意中"射杀"了如花的"乌鸦丈夫",如花的激烈反应引发了各种议论，镇里的工作人员小刘就对如花的行为颇有微词："宋庄尽出奇人……有个女人认为自己死去的丈夫变成了乌鸦，她每天喂食，说疯子吧，不像，说不疯吧，奇奇怪怪的。"[17]而既是镇长又是诗人的杨一凡说："每个人从不同的标准衡量，都可能是疯子。"[18]可见，疯与不疯，主要是衡量标准的问题。宋庄人有自己的文化思维标准，他们渐渐理解了如花。钱庄劝慰毛根去向如花赔不是，说他射杀了如花的"念想"，"念想"实际上是民间的图腾信仰的变种。祖奶认为，"钱玉变成乌鸦，或别的花鸟虫草都不重要，重要的是如花相信。相信就是真的，不信就是假的。相信的日子是一个样，不相信的日子是另一个样。头顶三尺有神灵，也是这样，信则有不信则无。自钱玉变成乌鸦，或者说自如花认为钱玉变成乌鸦，她的哀伤便烟一样散去。对如花，这是幸事，她的心又活过来了"[19]。这就是民间信仰的力量，即便这一信仰可能不科学、不理智甚至荒唐。最终，当如花与乔石头——外来资本相遇时，如花的固执、坚定，令她的大哥大嫂、支书宋品都不能理解，他们不理解乔石头开发垴包山，用好地换山坡地，且还有优厚的利益补偿不能打动如花的固执，原因竟然是那片地里有钱玉的气息、身影。可见这是两种不同的文化逻辑，乔石头象征的现代化与民间文化之间有着范式的不可通约性。

无独有偶，另外几个人物，最终都与乔石头相遇。尽管他们的性格各异，人生轨迹不一，但面对乔石头的资本收买却有着惊人的一致：不妥协。乔石头无疑是一个具有寓言性的人物。他虽然是祖奶的唯一的孙子，但他的发迹史恰恰隐喻着改革开放以来现代化进程中资本的轨迹。乔石头开发垴包山的目的究竟是什么？是开发旅游，还是为了那虚无缥缈的山下古墓的传说？抑或是为了建祖奶宫相中了这方风水宝地？但他与地方权力的联袂出演，似乎是造福一方的大恩大德，却在固执的乡民面前碰了一鼻子灰。继如花之后是毛根，这个曾经孤傲、任性、冷硬，什么都不在乎，什么都不相信，对顶起来天王老子都不怕的汉子，面对宋品的威胁利诱和即将到来的"强拆"，为了保卫亡妻胖女的坟墓准备赤膊上阵了："来吧，宋品！来吧，乔石头！来吧，你们！"他要宣战了。即使是柔软如豆腐的罗包，面对乔石头，他虽然可以签字，但也是有条件的。最决绝的是喜鹊。这个因父母感情纠葛而过早成熟的女孩子，养成了决绝、刁横、敢作敢为的性格。她原本是深爱乔石头的，乔石头也同样暗恋着她，只是那个夜晚，她遭遇了歹人的强暴才改变了她的人生轨迹，幸亏她在张家口遇到了黄板——那个酷似乔石头的男人。然而，如今的黄板却像鼹鼠一样只会在垴包山里打洞，他的萎靡不振使得喜鹊想借助乔石头的力量唤醒昔日的男子汉黄板。令人意外的是，强暴自己的歹人竟然是乔石头。这里是否寓涵着深意？当乔石头决定向喜鹊彻底坦白的时候，喜鹊将会怎样？按照祖奶的预测，那肯定是一场疾风暴雨式的决斗，喜鹊将以自己的方式与乔石头同归于尽。

　　杨一凡这一人物的设置，颇有玄机。他白天是镇长杨一凡，夜晚则是诗人北风。这两种身份的矛盾龃龉，造就了他分裂的人格。他既是土生土长的宋庄人，又是一个有着自我反思能力的局外人。他的失眠焦虑既来自外部，同时也来自内部。作者安排了一段类似于《聊斋》的故事,他与养蜂女的"未遂"性爱,随着一具烧焦的尸体而成为悬案。然而,"蜂王复活""蜂王归来""蜂王飞翔""蜂王厮杀""蜂王折翅"的莫名其妙的无主短信,搅扰得他坐卧不宁,本来就失眠焦虑的他,更加焦虑不安了。作为一镇之长,他对乔石头回乡投资既欢迎又心存疑虑,还有那个无端上访的林月莲,琐碎而无尽的事务纠缠令他疲惫不堪,焦虑如影随形,没有尽头,而抵抗焦虑的手段只能是写诗。诗人北风可以暂时抚慰焦虑的杨一凡,却不能永久清除日益生长的焦虑、困扰,当然也不能阻挡滚滚向前的现代化车轮。也许方鸿儒老先生的话值得深思:"人类几千年前就解决了基本生存问题,无论渔耕还是狩猎,但就哀伤或焦虑,与人类形影不离,如同细菌无孔不入。"[20]而这其中的原因则是欲望,而欲望又是不可以克服的,因为欲望也是历史进步的一个因素,故而,焦虑、不安将永远伴随着人类。方鸿儒给出的解决方案是"信仰",悲催的是这一民间信仰又是泛信仰,太功利太实用,以至于解决不了根本问题,只是一时的慰藉而已。在这里,杨一凡的无奈和深深的忧虑,也是胡学文自己的。面对着现代化的日益进逼,面对乡土民间文化的不可挽回的消亡命运,胡学文只能以文学的方式做一次象征性的反抗而已。

【注】

①⑥何晶:《胡学文:懂得生之艰辛、壮美,才有人之强韧》,《文学报》,2021年3月4日。

②④⑤王力平:《论〈有生〉的"超限"视角与"伞状"结构》,《小

说评论》,2021年第4期。

③ 王春林:《坐标系艺术结构与叙述视角的设定——关于胡学文长篇小说〈有生〉》,《扬子江文学评论》,2021年第1期。

⑦ 胡学文:《有生》,南京:江苏凤凰文艺出版社,2021年,第28页。

⑧ 胡学文:《有生》,南京:江苏凤凰文艺出版社,2021年,第184—185页。

⑨ 胡学文:《有生》,南京:江苏凤凰文艺出版社,2021年,第185页。

⑩ 胡学文:《有生》,南京:江苏凤凰文艺出版社,2021年,第202页。

⑪ 胡学文:《有生》,南京:江苏凤凰文艺出版社,2021年,第21页。

⑫ 李浩:《胡学文长篇小说〈有生〉:"体验"的复调和人性百科书》,《文艺报》,2020年8月28日。

⑬ 胡学文:《有生》,南京:江苏凤凰文艺出版社,2021年,第31页。

⑭ 胡学文:《有生》,南京:江苏凤凰文艺出版社,2021年,第308页。

⑮ 胡学文:《有生》,南京:江苏凤凰文艺出版社,2021年,第280页。

⑯ 胡学文:《有生》,南京:江苏凤凰文艺出版社,2021年,第63页。

⑰⑱ 胡学文:《有生》,南京:江苏凤凰文艺出版社,2021年,第758页。

⑲ 胡学文:《有生》,南京:江苏凤凰文艺出版社,2021年,第98页。

⑳ 胡学文:《有生》,南京:江苏凤凰文艺出版社,2021年,第783页。

小说多种可能性的不懈勘探

——刘建东小说印象

读完刘建东的大部分小说,觉得这个"河北四侠"中的"二哥",果真有股子"侠气"。他在文学"江湖"上闯荡游走,二十年如一日,坚韧不拔,不懈勘察,如今已是硕果累累。据不完全统计,他迄今已出版作品三百余万字。特别是近年来,他发表于《人民文学》等杂志的《阅读与欣赏》等"工厂系列"小说和《丹麦奶糖》等"知识分子系列"小说,都反响热烈。他的短篇小说《无法完成的画像》斩获第八届鲁迅文学奖。刘建东正以扎实的脚步,跋涉在文学的征途上。

一

1995年处女作《制造》发表于《上海文学》,标志着刘建东正式亮相文坛。这篇带有鲜明先锋文学流风遗韵的小说,使得刘建东在河北这块历来追求本土朴实的现实主义风格的土壤中显得"洋味儿"十足,卓尔不群。之后,他相继在《人民文学》等杂志发

对话王力平：捕捉时代的精神特质

表了《情感的刀锋》《我的头发》《大于或小于快乐》《女医生的风衣》《广场上空的鸽子》等作品，很快引起了河北文学界的注意，刘建东也被调入河北省作家协会，从此他的文学创作进入快车道，先后创作了《心比蜜甜》《减速》《三次相遇与三次擦肩而过》《秘蜜》《午夜狂奔》《后商时期的爱情》《三十三朵牵牛花》等小说。

综观这一时期的小说，其题材基本是对现代都市青年情感生活的描述，而在小说文体形式上则追求一种纯粹的文学品质，迷恋于技巧的探索，反对"木头式"的写实，相信小说是"写"出来的。刘建东不断尝试着小说的多种写法，"灵性写实"的、荒诞的、寓言化的……

比如《情感的刀锋》，就是一篇"灵性写实"的作品。小说描写了都市青年的情感生活。主人公罗立与女青年任青青、严雨的恋爱婚姻纠葛，显得复杂而迷离。小说把着重点放在对他们情感心理的细腻刻画上，写出现代都市青年的喜怒哀乐，写出他们生活中的无奈和人性挣扎。

比如《我的头发》和《减速》，则属于荒诞小说。在这些小说中，刘建东对人生、对社会，甚至是对存在的哲思都淋漓尽致地表现了出来。在《我的头发》中，几乎所有的人物都是"病人"，作品情节荒诞，人物行为夸张，有人在图书馆里抢劫，有人在动物园里杀虎食肉，都象征着我们这个时代人欲物欲高度膨胀，人与自然公然为敌的混乱处境。"我"名为"方向"实际上却无方向，"我"与邢晋的情人芳芳的"游戏"就集中表现了我们时代已经彻底欲望化的本质；显然，芳芳象征了时代欲望的图景，在这欲望冲天的灼烧中,时代的车轮嗒嗒"行进(邢晋)",无人阻挡。难能可贵的是,刘建东没有一味地粗暴地谴责现实,而是在柔软脆弱的温情和淡蓝色的忧伤中追求着远方的真善美。

《减速》是一篇更加荒诞的小说。在这篇小说中,刘建东对时代文化的思考进一步加深了。刘建东敏锐感知到我们时代的高速发展的现实,"速度"成为我们时代的最基本特征。减速实际上是刘建东面对时代所发出的一厢情愿的无奈的呻吟,刘建东无力改变,小说结尾那铺天盖地的红色——那是鲜血的颜色,也是欲望的色彩,甚或说是生命的色彩——正强烈地压迫着我们,使我们喘不过气来,我们将永远生活在这种无尽的压力中不能自拔。

发表于2002年的中篇小说《午夜狂奔》,也许是刘建东试图把写实性与荒诞性调和起来的一篇作品。作品看似写了一个杀人案件,而实际上则是通过这种极端的状态,直接抵达人的内心深处,把人的最隐秘的东西呈现在日常生活的水面上。无论是平安还是马德里,他们以杀死自己过去的方式,表达了对生活的厌倦、逃避或者是怀想。盲女人林华的出现,使小说具有了浓郁的寓言意味。在此,刘建东书写了当代都市欲望生存的困惑、恐惧、焦灼和不安。

显然,这一时期的作品明显看出刘建东向西方现代主义学习的倾向:马尔克斯、卡尔维诺、罗伯-格里耶、福克纳、卡夫卡……刘建东追慕大师的足迹,以自己的创作实绩向大师们致敬。

对话王力平：捕捉时代的精神特质

二

从 2002 年到 2012 年，除了发表大量的中短篇小说外，刘建东共发表出版了四部长篇小说：《全家福》《十八拍》《女人嗅》《一座塔》。在这些长篇小说中，刘建东各有探索，绝不雷同。比如《十八拍》重点写人性的"痛和悔"，《女人嗅》重点写"气味"，而《一座塔》则重点写"声音"。

2002 年发表于《收获》杂志的长篇小说《全家福》，是刘建东艺术探索日臻成熟的标志。小说在形式上把写实与写意、常态与荒诞、具象与抽象都有机地统一起来，达到了"状难写之景如在目前，含不尽之意见于言外"的效果。小说通过一个小女孩儿徐静的视角来进行叙述，就巧妙地避开了政治背景的交代，从而把主要的描写重心放在家庭琐事、人性质地以及生存状态等方面的刻画上。《全家福》不乏写实的功力，但《全家福》却不是一个纯粹写实的作品，它在象征、荒诞、反讽等艺术手法的成功运用提升了这部小说的艺术品位。小说中的父亲形象，既是生活中的父亲，又是一个颇具象征的重要形象。他的存在使小说增添了神秘荒诞的氛围，也使作品由具象的写实上升到了抽象的形而上层面，从而使小说丰满了气韵，深厚了内蕴。父亲的失语和瘫痪始于母亲的皮鞋。皮鞋在此也成为一个具有象征意义的"事件"。父亲由此导致疾病缠身，成为一个废人，一个家庭的累赘，一个多余人。父亲失去了他的权威，家庭也失去了有权威的父亲，没有父亲的家庭变得混乱无序，"各自为政"了。母亲寻找性伙伴,二姐频频更换男朋友,大姐徐辉的同性恋,象征着时代欲望泛化的特征。特别是二姐对"药片"近乎变态的收藏,使我们看到我们时代的"疾病"实质上就是欲望的疯长。同时,大哥徐铁的性无能,母亲的情人杨怀昌、摔跤教练先后暴死,都暗示真正男人的缺失。在这部小说中,男人的缺失,正象征着权威、秩序的缺失。然而,父亲又是无处不在的,瘫痪在床的父亲,却不断出现在儿女的活动视野中,徐铁听到的父亲那声沉重的叹息,徐琳在河边看到的父亲影像,以及传说中父亲光着脚板在大街上的狂奔,这些荒诞的情节,都使父亲超出写实层面的意义,而具有了符号性质。这一符号的意蕴复杂而朦胧,父亲既是权威、秩序的象征,又可以说是对某种信仰的期盼。父亲作为缺席的在场,成为我们转型时代的标志。在没有父亲的日子里,家庭走向解体的边缘,人人都感到没有方向没有目标,有的只是欲望的放纵、肉体的狂欢,灵魂却在孤寂中走向荒芜。因此,父亲在这里是一个具有关键作用的意象,不过这一意象却具有相对性,在不同人物那里具有不同的意义。相对于母亲而言,父亲具有窥探、监视的意义;而相对于徐铁、徐琳而言,父亲则更多的是一些道德训诫意义;相对于徐辉、徐静来说,父亲则又与秩序、权威、尊严和信仰有关。小说的结尾,徐静与自己的灵魂合二为一,她推着坐在轮椅上的父亲"向着某一个地方飞奔……",这是作家精英立场的表白,是渴望飞升,渴望超越世俗和孤独的对灵魂救赎的呼唤。可见,刘建东在《全家福》中所要表达的不是生活现实的如实摹写,也不是单一价值的重构,而是对存在可能性的展示。

对话王力平：捕捉时代的精神特质

2006年出版的长篇小说《女人嗅》，是刘建东的第三部长篇小说。小说从嗅觉的角度描写了王宝川这个贾宝玉式的男子，对女性气息的超乎寻常的迷恋。他忘情地享受着姐姐妹妹们的软玉温香，在王宝芸、梁依薇、梁依莉、林红玉等女性群中"迷醉"。王宝芸几近疯狂地"爱上"弟弟王宝川，使得父亲王锦昌不得不败退进"布袋"去安身。然而，和《全家福》沉默的父亲不同的是，当王宝川被判刑以后，父亲王锦昌终于烧掉了自己的"布袋"，抛弃了儿子王宝川，他的父亲的威权再一次回到自己身上。小说以象征甚或荒诞的手法，演绎着父与子、男与女、压抑与反叛、权力与异端的多重悖反与较量。

2012年，刘建东发表了他的第四部长篇小说《一座塔》。这是一部很难解读、意蕴深广的小说，刘建东野心勃勃，试图在小说中包容多层次多声部的主题思想，小说成为战争言说的复调式哲思。从表面上看，小说是关于抗日战争的，而实质上是在借战争反思传统文化。小说对大姥爷张洪庭和二姥爷张洪儒以及舅舅张武厉和张武备等形象的塑造，正是通过人物的性格与行为方式，展示传统文化在非常态状态下的蜕变机制。中国传统文化始终纠结在"义利"之间，儒家文化讲舍生取义、杀身成仁，"天下有道则见，无道则隐"，而道家文化则讲"顺变之道""变通之理"，"识时务者为俊杰"的实用理性抑或就是由这种文化变来的。这样在中国固有的传统文化之中便始终有理想主义和实用主义两极并存。张洪儒和张洪庭就分别代表了传统文化的两极。乡下的张洪儒曾经是东清湾的灵魂，在乡亲们的视野中是最伟岸的人。他恪守着"己所不欲，勿施于人"

的儒家古训,面对日本侵略者,他曾天真地认为要回土地的谈判是一种对等的谈判,结果是自取其辱。他的失败是注定的,这是一种文明对野蛮的失败,在这种失败中他的自信和尊严都无可救药地轰然崩塌,他选择了逃避——把自己封闭在石屋中。从此,东清湾失去了权威,失去了引导,东清湾陷入集体失语之中。

与张洪儒一样,恪守着现实主义的大老爷张洪庭,在巨大的事变面前,同样感到了恐惧和不安,于是,他要建塔,建一座全城最高的塔,一座希望之塔——安妥祖辈亡灵与今人灵魂之塔,也是欲望之塔——它更多的是血腥、伪善、耻辱、恐惧与毁灭。由此,塔在此获得了象征意义,它成为整部作品的关键词,它聚集了全部的宗教意义和世俗意义,甚至成为近代以降,中国人面对西方列强的踩躏,在经典的儒家文化土崩瓦解之后,试图再造属于自己的新的传统文化的一种隐喻。然而,这种再造由于其强烈的功利性目的,一开始就把这种文化置于一个十分复杂和尴尬的境地,塔的意思模糊不清,它"可能只是一个标志,一个渴望,一个无法言明的概念"。而塔的高耸入云,塔的血腥可怖……直至塔的最终毁灭,不正是中国近代社会文化历史演义的一个缩影吗?由此可见,刘建东在战争的言说中,并不只是在言说战争的过程,而是把战争作为一个非常态的外来文化的侵入的情势下,中国固有文化的自我分裂与溃败,以及由此所产生的重构文化的冲动,进而反思这种冲动的动因及可能性。

关于声音的哲思也是这部小说的一个重要声部。声音是什么?声音就是说话,就是话语。在某种意义上说,历史就是由各种不同的声音复合而成的。在20世纪40年代的中国,显在的声音来自重庆、南京、北平,还有延安,隐匿的声音则随着张洪儒和他的《论语》躲到了石屋中,各种声音交织繁复,共同构成那个时代的历史。当然,历史中的声音是驳杂的,更为重要的是,我们对历史的叙述的声音其实也充满复杂性。谁来讲述,怎样讲述,这是能否展现历史真相的关键。小说采用美国记者碧昂斯与"我"——一个隔代人的双重视角,来叙述抗战年代的故事,为的就是拉开时间距离,客观地审视那段历史中的人和事。即便如此,历史的真相也是晦暗不明的,任何简单化的对历史的言说都是对历史的歪曲。于是,我们看到,刘建东在他的文本中,构筑了多重声音的牵连,小说把战争、革命、爱情、欲望、文化等主题都纳入文本,就是试图还原多种声音交织的历史本相的一种努力。

三

2012年,刘建东发表中篇小说《羞耻之乡》,2015年又发表了他的"工厂系列"小说之一的《阅读与欣赏》,2016年发表了"知识分子系列"之一的《丹麦奶糖》,顿时反响热烈、评说各异。在我看来,这些作品是刘建东对小说本质的一次新的发现,是其对小说多种可能性勘察实验的一次新的飞跃。

比如《阅读与欣赏》,没有孤立地讲述一个故事,而是建基在一个巨大的"互文"场中来进行讲述的。叙述人"我"与作者刘建东高度重合,作者抹去虚构的痕迹,仿佛就是刘建东生活中的一段

"本事"。小说至少建立了两种"互文"关系：一是冯苤衣与各种文学作品之间的"互文"关系，二是作者刘建东的写作生活与人物冯苤衣的关系。第一个"互文"关系，构成冯苤衣赖以存在的"文学互文场"。小说中反复出现的诸如《牛虻》《青春之歌》《钢铁是怎样炼成的》《绿化树》《堂吉诃德》以及刘建东早年创作的《情感的刀锋》《全家福》等文学作品，甚至还有弗洛伊德等，这是刘建东与冯苤衣对话的基础，也是二人共同的阅读史。在这个"互文"场里，冯苤衣对《绿化树》女主人公马缨花的"不真实"的批评，以及她对"我"写女性"靠想象"的不屑，实际上建立了冯苤衣女性形象不同寻常的一个比对库。冯苤衣的确不同于文学史上的其他女性形象，她的美丽、洒脱、放荡、率真的个性，不能用任何已有的女性形象来框范。她的生命中前段的放荡（至少与七八个男人保持暧昧关系），中段的幡然悔悟成为劳模标兵（因丈夫车祸而起的忏悔心理促使其转变），后段由于倒卖油品而受到处分和过失犯罪（她为阻止酒鬼父亲殴打母亲，无意中把父亲推下楼梯摔死）而锒铛入狱，这样一个女人究竟如何评判？用传统的道德的好坏评判肯定不合适，正像叙述人感慨的那样："十几年过去了，我仍然不知道，我是不是懂得师傅，是不是懂得师傅这样一个女人。她的风花雪月，她的劳模风采，她的监狱人生，在我的梦里，始终搅和在一起，无法分清。"

第二个"互文"关系，是刘建东的写作生活与冯苤衣的关系。刘建东以第一人称"我"的限知视角，观察、品读冯苤衣，冯苤衣成为"我"的写作道路上需要认真阅读和欣赏的一本大书。冯苤衣的生活故事成为"我"构思小说《全家福》的生活"原型"。因此，冯荎衣的故事可以和《全家福》参照阅读。《全家福》的写作过程，也正是"我"对冯荎衣的品读过程，冯荎衣与《全家福》中的徐琳，冯荎衣的母亲、父亲的故事与《全家福》中徐琳母亲、父亲的故事多么相似。冯荎衣对徐琳的欣赏，冯荎衣对母亲的一言难尽，冯荎衣为"我"誊写小说，冯荎衣为了父母和好而拉着全家去照"全家福"的细节，都成为"我"的小说的重要素材。冯荎衣丰富了"我"的生活阅历，照亮了"我"的成长与创作道路，这种"互文"的巧妙运用，使得小说《全家福》具有了重要的合理性依据，同时又为实际上是虚构的冯荎衣找到了更加合法的存在理由。

由此可见，"互文"是刘建东结构这篇小说的必不可少的技术方式，这种方式使得刘建东那种貌似回归到平实的传统的小说叙事仍然颇具先锋精神，可以说，刘建东超越了狭隘的先锋叙事和现实主义叙事，而朝向了一种更加阔大的叙事境界，刘建东对小说的本质有了新的"发现"。正像刘建东所说的："小说是一束光，深埋在土里的光。……它不是招摇的形式，不是刻意标榜的哲理，不是强加于人的生活，更不是扭曲的历史。所有自鸣得意的技术，所有自以为是的思想都统统退后了，而那个曾经无处不在的我该退去了，它该让位于小说的本质，小说就埋在真实而丰富的生活土壤中，在那深深的土里找寻养分，等待破土而出。"[①] 从这一意义上说，刘建东小说的"互文"其实也不完全是一种技术，而是"世界"本身。世界的复杂性就在于它是交织在一起的整体，在世界中的每一个生命都有着自己的隐秘的不能穷尽的可能性。而小说家只不过是一个有局限的观察者,越是伟大的小说家越会感到自己的无力,《阅读与欣赏》的叙述人"我"之所以显得那样局促和渺小,主要源于刘建东的这种"发现"。刘建东管不住自己的足够强大的人物,叙述人"我"试图对冯苤衣进行的精神分析也显得那样肤浅。冯苤衣"按照自己内心生活"真的那么轻松吗?她的赎罪的忏悔,她对父母生活的一言难尽,她的个人婚姻生活的失败,她的丈夫及其婆婆、小姑子的欺骗,都在"我"的有限观察中一带而过,但冰山之下的丰富信息却给了读者巨大的想象空间。

2016年第一期的《人民文学》在头条的位置发表了刘建东的"知识分子系列"小说的第一篇——《丹麦奶糖》。这篇小说以十分逼仄的压迫感,写尽了"蜜糖岁月"知识分子的苟且与撕裂。刘建东在一次访谈里说,他写《丹麦奶糖》是"想要给一代人,一个群体画像",而这个群体就是"60年代"知识分子。我想,刘建东瞄准的这一群体,就生活在你我他的身边,保不齐就是你我他。我读《丹麦奶糖》只觉得后脊梁冷气嗖嗖,小说中的董仙生似曾相识,也难说没有自己的影子。刘建东以犀利的刀锋直指"我们",仿佛把一面高清晰度的大镜子拉到"我们"面前,大喝:"照照吧,我们!"

于是,我们看到了镜子里的董仙生:1989年毕业的他,来到省社会科学院文学所,二十年的打拼可谓是功成名就,是全国知名的文学评论家,所长,博导,国务院政府特殊津贴享受者,还是社会科学院副院长的强有力的竞争者。他整天被学术的鲜亮外衣包裹着,天南海北飞来飞去,做讲座,参加学术会议,留恋自己的成绩,沾

对话王力平：捕捉时代的精神特质

沾自喜，喜欢被别人捧上天，有天生的优越感。正像董仙生的妻子肖燕所说的，你们"觉得这个时代就是你们的。你们变得自私、高傲，你们更像是守财奴，固守着自己的那份累积起来的财富，守着自己已经获取的地盘，小心翼翼地看护着它，容不得别人觊觎，容不得别人批评，容不得被超越，容不得被遗忘"。瞧瞧，说得多准确，多犀利！看看镜子里的董仙生，再看看我们身边的你我他，董仙生不就是"我们"的代表吗？是的，刘建东就是要写"我们"，但他不是要把自己择出来，以一个有着强烈道德优越感的视角从外部来观照董仙生，而是把自己也拉了进去，董仙生也是"我"。这个"我"从80年代走来，曾经与曲辰、肖燕等人一起，怀揣着激情和梦想，步入90年代。90年代是以80年代精英知识分子的全面失败而开始的，这是一个全面入俗的年代，董仙生与时俱进，入乡随俗，老于世故，他早已忘记了"远方"，也把80年代视为童话，为了"升官"，他不惜让曲辰去偷"政敌"的笔记本，然而最终还是败于"政客"出身的对手……"多少年来，我渐渐地蜕去了羞耻那层皮肤，蜕去了激情那层皮肤，蜕去了幻想那层皮肤……每一次，我都得到了某种意义上的重生。"然而，"我也不知道，是越来越喜欢这样的蜕变，还是厌恶"。看来，董仙生的这种蜕变是一种苟且与撕裂，是一种令人不安的焦灼与分裂状态。一方面，董仙生沉浸在自己的成功者的光环里，另一方面他也在厌恶怀疑甚至鄙视着那个成功的自己。正像重新入狱的曲辰所言，"你们……在另一种牢狱之中"。我觉得，董仙生是刘建东贡献给目下文坛的不多见的知识分子的典型形象。小说基本写实，信息量超大。"丹麦奶糖"

这一意象贯穿始终，成为多极意指的象征符号。

这篇小说进一步体现了刘建东对待小说本质的洞悟：好的小说不是"写"出来的，而是一种发现和去蔽。它是一束"深埋在土壤里的光"，它是生命本身，它一旦获得去蔽和发现，必将破土而出，长势喜人。

总而言之，刘建东的小说是纯粹的，是富有魅力的。它以奇诡的想象力和出人意表的情节设计，演绎着小说自身的逻辑。它以舒缓的节奏、细密的叙述和淡蓝色的忧伤，营造着小说的诗意氛围。刘建东的小说往往在不可能中言说着可能，在极端与偏执中讲述着生活永恒的常态。在娱乐化、欲望化的今天，刘建东一直默默地坚守着纯文学的阵地，坚定不移地把持着文学的品质，并且对小说多种可能性进行着不懈的勘探，实在难能可贵。当然，刘建东的创作还在路上，他的探索不会停止，在充满荆棘的注定孤寂的文学旅途上，我们完全有理由相信他的执着和耐力。

【注】

① 刘建东：《巨浪与岸》，《青年作家》，2021年第10期。

探寻有宽度和厚度的"可能性"书写
——读李浩长篇小说《灶王传奇》

李浩是一位具有远大艺术雄心而又十分执着的作家，他崇尚"智慧之书"，特别善于在小说中埋藏机巧，使其繁复多义。因此，李浩的小说都不是就事论事之作，对有宽度和厚度的小说多种"可能性"书写，就成为他孜孜以求不懈追寻的理想目标。他的长篇小说《灶王传奇》（《芳草》2021年第6期，北京十月文艺出版社2022年8月版）就很好地体现了他的这种追寻。

一、文化的宽厚度与可能性

毫无疑问，《灶王传奇》显示了李浩丰沛的想象力和虚构能力。故事以中国民间家喻户晓的灶王为视点，讲述了灶王仙俗两界的所作所为、所见所感、所闻所触的仙俗诸事。灶王的全衔是"九天东厨司命太乙元皇定福奏善天尊"，在民间信仰体系中，灶王与家庭联系最为紧密和直接，可以说是"一家之主"，但这个"一家之主"却左右不了这家的生活和行为方式，他只不过是一个象征性的虚职；灶王作为仙界的最基层的小仙，具有沟通仙俗两界的身份，其最主要的职责是对俗界人间进行道德鉴察，然后在每年的腊月二十三都要上天述职，报告自己所管辖家庭的善恶表现，因此有糖瓜祭灶，希望灶王爷"上天言好事，下界保平安"之说。由于常驻民间，他往往对民间的疾苦和喜怒哀乐感知最深，但由于他的身份和官阶低微，却没有解贫纾困的实际能力；同时，灶王作为仙界的最小官员又必然遵循仙界官场的各种规则与潜规则。因此这样一个灶王给了李浩极大的想象空间，李浩言："大约是十年前吧，我想到'灶王'与他的承担，当时就令我兴奋不已。"①

这种兴奋让李浩能够将灶王变成一个具有多种宽厚度的角色。李浩首先把他当一个活生生的"人"来写。书中的灶王前世是个穷困的读书人，他勤奋读书，渴望博取功名，有正义感和同情心，成为灶王也没有削弱他的知识分子气质，这使得他面对人间疾苦时难以无动于衷。他在西南堡担任谭豆腐家灶王时，正赶上明朝军队的土木堡事变，号称五十万的明朝大军全军覆没，瓦剌军队烧杀抢掠，谭豆腐一家被烧死，作为谭家的灶王，他积极帮助未赶上投胎的小冠去投胎官宦富族王家，且不时关注过问他的后续生活；他在直峪担任董氏田家灶王时，深深为其贫病交加的遭遇感到揪心，为其儿媳董徐氏的悲惨命运而唏嘘不已；告别了这户人家，他成为官宦大户曹家灶王后，那种天壤之别的富足和奢侈，使他颇有些"小人得志"式的飘飘然。总之，李浩塑造的灶王是一位个性鲜明、形象饱满的"人物"。他不仅富有正义感和同情心，同时又颇有在仙界厮混的处世之道。他工作认真勤谨，行事内敛低调，颇得城隍老爷等仙官的赏识。他作为仙界灶王的唯一代表受邀为"昊天金阙无上至尊自然妙有弥罗至真玉皇上帝耄耋百叟酬老宴下界诸仙观礼宾",也充分说明了他是灶王里的模范。

同时,灶王又不是凭空想象出来的,李浩基于中国道教及民间传说建立了《灶王传奇》的神仙谱系。在道教谱系中,素有一尊二祖三清四御五老之说,一尊一说为盘古,又说为西王母;二祖一说是伏羲与女娲,又说为老子与庄子;三清即为元始天尊、灵宝天尊、道德天尊;四御即上宫天皇大帝、紫薇北极大帝、承天效法后土皇地祇以及南极长生大帝,还有一说为六御,位于中央的即为玉皇大帝,而四御则为玉皇大帝的辅臣。显然李浩并没有严格按照道教的这一神仙谱系来营构自己小说的神仙谱系,而更接近《西游记》中所描述的神仙谱系。玉皇大帝和王母娘娘是天宫的最高统治者,主管天、地、人三界万事万物。城隍是玉帝在下界的管理者,土地和灶王都隶属于城隍;而地府的最高统治者是酆都大帝,以下为判官、牛头马面、黑皂吏种种;另外龙王、高元星君、小茅真君等俱属于这一神仙谱系。从参见玉皇大帝百叟宴的观礼宾中的三官大帝、十方天尊、北斗七星君、南斗六星君、四大金刚、四灵二十八宿等神仙的名号看,《灶王传奇》深深植根于中国传统的民间文化土壤,是地地道道的"中国故事",而写出真正的"中国故事"也是李浩的自觉追求。李浩曾言:"一直以来,我受着双重诟病:其中之一是不会讲故事,讲不好故事,没有完整的、有趣的、现实的故事;其中之二是语言的'欧化',不太使用大家习惯的、常用的'标准汉语',多少有些翻译洋腔。……之前,我曾每年写一篇较为符合大众审美的小说为自己'证明',证明自己其实能做,只是不属于一直如此;而在这部《灶王传奇》写作之前,我就早早给自己设定:一、讲故事;二、用标准的中国语言,尽可能地简洁白话。"②可见,《灶王传奇》是李浩讲述中国故事的一部"自证清白"之作。这就是《灶王传奇》与此前作品的那种张扬、极端甚至是炫技式的书写相较,显得比较平实、规矩乃至传统了许多的缘故。

然而,李浩的"中国故事",又是自成一格的、不落俗套的,李浩非常不屑于那种照猫画虎般的"现实"叙写,那种叙写除了就事论事,没有任何增殖意义。李浩的"中国故事"是"一竿子捅到底"式的从小说的源头说起的。李浩认为:"在古代,无论是西方还是东方,最初的文学都是'神话',是一个能够影响人类日常而使人类显得弱小无力的宏观世界,它的里面充满着奇异、'飞翔'和怪力乱神,充满着令人惊艳的不凡想象。无论是西方还是东方,都有关于'创世'的传说,都有一个由混沌开始的、渐渐生出了光明的世界,只不过希腊的神话有着更多的连贯性,而东方神话更多是局部的、碎片化的呈现而已。之后的小说发展史无须我多言,但有一点可以肯定,在一个相对漫长的时期里,人们并不关心自己的生活,并不关心自己的身边生活,而是希望从文学尤其是小说中读到:是怎样的'神灵'和'魔鬼'在影响和主宰我们的生活,这个世界是如何被创造的,那些大过我们的力量又掌控在谁的手里?在那些我们到不了的世界里,又有一种怎样的生活和传奇?……在极为漫长的时间里,现实不是小说所要呈现的部分,人类在关心奇异和奇特,更关心自己到不了的外面,更愿意对久远的历史进行

对话王力平:捕捉时代的精神特质

传奇化重构和想象,更愿意想象旧日的战争和帝王们的争夺。"③

于是李浩在这部《灶王传奇》中回到了源头,从神话传说,从怪力乱神写起,因此中国古代小说中的传奇、志怪成为李浩格外钟情的对象。周新民发现了李浩《灶王传奇》对传统文体形式诸如杂史杂传、志怪、传奇的征用,但同时又说李浩征用这些传统文类在某种程度上也改造甚至消解颠覆了这些传统文类,因此《灶王传奇》是传统与先锋的并置。④我觉得,这种说法有道理,但也有把整个传统与先锋对立起来的嫌疑,在一定意义上混淆了先锋小说产生的特定语境。20世纪八九十年代的先锋派虽然颠覆消解传统,但这个传统主要指向的还是现代以来几乎固化的现实主义传统,并不涵括神话、志怪、传奇等。先锋小说常常运用的魔幻、寓言等手法,除了受到马尔克斯、博尔赫斯等的启发外,中国传统文学中的神话、传奇、志怪等难道没有潜移默化的影响吗?我觉得李浩的先锋性其实也是一种对机械反映论和庸俗社会学所固化了的所谓现实主义文学及其理念的反叛,他在对西方现代派文学诸如马尔克斯、博尔赫斯、卡夫卡、君特·格拉斯、卡尔维诺、舒尔茨等人的研读中接通了中国文学古老传统的暗道,他惊异地发现,中国文学古老传统中的神话、志怪、传奇、魔幻不仅隐含着中华民族的基因密码,而且隐含着人类共有的基因密码。所以,李浩不完全是从形式方面来征用这些文类,而是从文化上全面审视和激活它们。因此,志怪、传奇、神话魔幻都是作为文化形态而熔铸在《灶王传奇》里面,从文化的角度看,这部小说就有了无比深厚的根须,给人无限遐思的空间,实现了意义增殖的可能性。

二、寓言的宽厚度与可能性

很显然,《灶王传奇》不仅仅是写灶王的传奇,在灶王故事的背后还有着更加宽厚的潜在文本。也就是说,灶王的故事属于显文本,而在显文本之外隐含着一个超级潜文本系统。如此一来,《灶王传奇》实际上成为一部多重指涉的寓言化小说。

寓言是一种古老的文体形态,但它又是不断发展变化着的一种文体形态。我在这里所说的"寓言化"小说,主要是指一种"言在此而意在彼"的隐喻形态的小说,而这个"此"和"彼",不是通常认为的那样,寓言本身"此"只是一个传递意义的工具,作为"彼"的转译或理解一旦实现,寓言就失去了自身的价值。寓言化小说,本文"此"的意义并非不重要,恰恰相反,本文"此"必须是饱满的、有趣的、自成体系的。就像一支点燃的蜡烛,如果没有蜡烛的光源,照亮黑暗的光晕就不可能存在。从这个意义上看,《灶王传奇》的显文本意义是自足自洽的,灶王的故事本身就具有趣味性、游戏性和自足自洽性。在显文本中,灶王作为视角人物,勾连仙俗两界的空间维度,主故事第一层是灶王与仙界官场的日常工作事务:他与城隍及高经承、仓大吏等的关系,他与龙王的来往,他与地府魏判官及其属下的关系,他与高元星君、小茅真君以及天宫、东岳七十二司诸衙门的工作关系,他与同事饼店灶王、铁匠灶王、田家灶王以及土地公公等的日常交往。主故事第二层则是灶王在俗界几个家庭里的故事:小冠—王鸿盈的故事,董氏田家故事,曹府故事；而副故事则是明朝的那些事：明英宗正统十四年的土木堡事变、景泰八年的夺门之变以及后来的石亨、曹吉祥谋反案等。把明朝的那些事作为一个历史时期的时间之维，实则也隐含着时间上的古今维度。据李浩言：把故事放在明朝"土木堡之变"时期来写，"它其实是随机性的"，原计划是准备放在汉代、三国时期，只是后来计划有变。⑤这是否意味着，这个历史背景是不确定的，是个可变量，可以指称任何历史时期（时代）？如此看来，《灶王传奇》的时空建构，就成为一种立体交叉的"仙俗—古今"的复调式结构方式。

在第一叙述层中，灶王"我"作为仙界官场最基层的官员，他既有原则性又不失灵活性，他在对城隍、龙王等的一一造访中，凸显了他的为官、为"仙（人）"之道。他也会利用各种关系，"走后门"，也会送礼，也会奉承，尽管他有时也会感到脸红耳热。当龙王通过灰衣河神希望"我"为龙王编一出文过饰非乃至歌功颂德的戏剧时，善拍马屁的田家灶王替"我"满口答应，而"我"心里虽有不适，但也半推半就，并未提出不同意见。还有背袋土地对"我"的造访，无非是来向"我"行贿，希望"我"能为他的官职上的事向上疏通关系。看来这"仙界官场"也是一个"仙情社会"。

不仅如此，这个仙界官场还是一个机构林立、部门臃肿、人浮于事的标准的官僚机构。小说详细描写了"我"到东岳泰山送验灶王记事簿的经历。这实际上相当于要经过东岳七十二司的年检。自然是摩肩接踵的排队，因为误漏了一个城隍护房的"押角印"不得不明日再来重新排队审验。七十二司，司司盖章画押审核查验，

203

排队、等候、盖章,凡十几日,要经历无数的白眼和冷脸,这些机关似乎都十二分的认真负责,各司其职,程序严格乃至苛刻,然而,当"我"和铁匠灶王无意间发现了一个惊天"秘密","我""真的是胆战心惊、瞠目结舌、呆若木鸡"。他们看到了什么呢?"灶王记事簿。一册册、一本本的来自各地的灶王记事簿。它们杂乱而拥挤地堆积着,从罗汉崖的崖下一直堆上来,把整个山脚都堆满了。"⑥原来经过如此严格审验查核的天下灶王记事簿,就这样不屑地随意堆放在山野间,任凭风吹日晒雨淋,没有哪个仙官去看顾,哪怕瞄上一眼这些下界基层灶王辛辛苦苦认真记录下来的心血。在这里,李浩反讽性地揭示了仙界官场触目惊心的内卷现状,以及官僚主义、形式主义的荒诞活剧。众仙官们都在兢兢业业地按照规章惯性工作,都在真诚地搞形式主义,看似大家都在认真负责,其实没有人真正地为"仙民"负责!这些严苛的丝丝入扣的官场程序,业已成为没有"内容"的空壳!

　　仙界官场的荒诞还在于,各级官员不时地下界搞大检查,这种检查除了扰民和劳民伤财外,没有任何实际意义。检查其实也是变相地吃拿卡要,表面上冠冕堂皇,实际上大家都心知肚明,这也是一种形式主义。

　　小说第十五章"百叟宴上见到了玉皇",详细描写了天宫金碧辉煌、霞光万道、富丽堂皇的豪华气象。天庭等级森严,天规肃谨,众仙臣代表们仪容肃穆、行为齐整,他们在朝拜昊天金阙无上至尊自然妙有弥罗至真玉皇上帝和上圣白玉龟台九灵太真无极圣母之前,先要经历天庭容仪教化司和仪礼俱笞司九天的培训教习方能见到玉皇大帝和王母娘娘。这种仪式上的高度步调一致、整齐划一,充分显示了仙权的威严和专横。然而,"我"无意间发现天庭驿馆床帮的内侧有一枚无用的"钉子",这枚"废钉子"是否寓意着威严肃穆、整齐划一的天庭内部也潜藏着不易察觉的"危机"呢?

《灶王传奇》的第二叙述层是灶王"我"在民间的几个人家的日常故事。"我"与小冠的故事贯串始终。在"我"的帮助下,小冠得以投胎通州的官宦富户王家,成为少爷王鸿盈,由于无意中救了龙王一命,小冠才能在投胎中获得特殊眷顾——保留前世的记忆,且可以跨越仙俗两界见到原来的灶王。成为王鸿盈的小冠迅速成长为一个标准的官二代纨绔子弟。也许是前世贫穷的体验缘故,王鸿盈身上还残存着善良的种子,他吃喝玩乐、恶作剧,但自知短寿便不娶妻生子,最终,为救灾民不被血腥镇压,只身前去谈判却被乱民杀死。小冠—王鸿盈好像一面镜子,从他身上,我们实际上看到了另一个纨绔子弟——曹家二少爷的影子。不过这位曹家二少爷身上,吃喝嫖赌、残害民女的恶劣品质似乎比小冠—王鸿盈更多更甚,以至于连累家族被满门抄斩。小说写到的"我"在董氏田家和在曹府曹家担任灶王,构成了鲜明的对比。一边是贫病交加、悲苦惨凄,一边是锦衣玉食、穷奢极欲,一边是咒骂、恶臭、生不如死,一边是日日笙歌、夜夜豪宴。这种"朱门酒肉臭,路有冻死骨"的超级贫富不均,是灶王"我"的深切体验。

第三叙述层(副故事)讲述明朝那些事:土木之变,夺门之变,石亨、曹吉祥谋反等故事。这些故事不是灶王"我"亲历的故事,而是在灶王们的闲谈海聊中间接讲述出来的。明朝统治者妄自尊大、盲目自信、固执专断、刚愎自用,导致土木堡之变。号称五十万的明军几乎全军覆没,瓦剌军乘胜袭扰,致使生灵涂炭、民不聊生、英宗被俘,成为自宋朝靖康以来中华民族的再次最大蒙羞。于谦英勇抗敌,扶景泰皇帝上位,励精图治几年,但在扶立太子的问题上,景泰皇帝私欲尽显;徐有贞、石亨、曹吉祥又出于私欲助力英宗夺门之变,于谦等人被腰斩;后来又有石亨、曹吉祥谋反被抄斩,牵连甚广。在这里,李浩虽然只是把这段历史当作背景来加以略写,却通过明朝朝野的这些惊心动魄的权力争斗,浓缩了历代封建专制王朝的全部历史。

在《灶王传奇》之前的小说中,李浩特别善用"镜子"来辅助故事的讲述,而在《灶王传奇》中,实体的镜子虽然不存在了,但无形的镜子却依然存在。灶王就是一面大镜子,透过这面大镜子,我们看到了镜中的无限增殖的景象,这镜中的景象复杂多义,成为寓言化小说的寓意所指,我们在会心领悟中嘿然一笑,暗暗惊叹李浩的深沉的反思精神和凌厉的批判锋芒。

三、生存的宽厚度与可能性

作为寓言化小说,《灶王传奇》的寓意指向不是固化的,而是不确定的、繁复多义的,不同的读者可以从中发现不同的意义节点。你当然可以从中发现那些你熟悉的现实,也可以发现那些陌生的超越于现实之上的东西。尽管李浩反对那种镜子式的模拟现实的作品,但并不妨碍李浩小说充盈的现实主义精神,这种现实主义精神，李浩称之为"现实感"："我们所要的现实本质上更是现实感的，它是通过虚构而达至的真实，它可以不完全地取自于生活而需要对生活进行'仿生'，让它看上去就像是生活生出来的那样，看上去，就是已经发生过或正在发生的'生活'。"⑦也就是说，李浩笔下的现实是经过作家主观化合后的现实，这种现实带有明显的变形、虚构、综合化特征，因而更具理性色彩。然而，这也并非意味着李浩的小说属于某种哲理性小说，这种类似于奥威尔《1984》那样的小说，米兰·昆德拉曾不无调侃地说："奥威尔所告诉我们的东西，用一篇论文或一本小册子可以说得一样好（甚至好得多）。"⑧而"小说的灵魂，它存在的理由，就在于说出只有小说才能说的东西"⑨。只有小说才能说出的东西是什么呢？那就是："小说考察的不是现实，而是存在；而存在不是既成的东西，它是人类可能性的领域，是人可能成为的一切，是人可能做的一切。小说家通过发现这种或那种人类的可能性，描绘出存在的图形。但是再说一遍，存在意味着'在世之在'。这样，人物和世界双方都必须作为可能性来理解。"⑩所以说，《灶王传奇》的最大寓意应该是对存在的诗性勘探。将人的生存的全面的生活故事呈现出来，寻求有宽度与厚度的存在场景，进而写出存在的多种可能性，是李浩小说一直以来的追求。

在一个分工愈来愈精细化、科学化的世界，人类的生存变得日益"简化"，人类的生活简化成其社会功能；人的历史简化成微不足道的事件，"而事件本身又被简化成政治斗争，接下来又被简化成只是两种巨大的全球力量的对抗。人们被一种名副其实的'简化'

旋涡抓住,在这个旋涡里,胡塞尔的'生活世界'注定被模糊,而存在被遗忘"⑪。《灶王传奇》写众多的仙官们的生活,不是心血来潮般的猎奇,而是扎扎实实地写他们的日常生存状态:在世的操劳繁忙,喜怒哀乐。灶王"我"的做"仙"本色是一个知识分子,他忧国忧民,勤勉负责,正像我在前面说过的,不乏正义感和同情心,原则性强但也不失灵活性;在仙界官场,会做"仙"也会来事,是总体方正但也有些小世故;他骨子里傲慢任性,而行事中却随和内敛。李浩塑造的灶王,来源于现实生活中的许多知识分子的质素,甚至也不乏自身的影子,但这个灶王,绝对不是现实生活的照搬,而是李浩虚构创造出来的一个形象,在灶王身上体现的是在一个等级森严、极度内卷的官僚体制内如何生存的可能性问题。可以说,灶王"我"其实是一个内心撕裂充满悖谬的基层小仙,一方面,他在仙界官场如鱼得水,甚至常常有一种"小人得志"的舒适感、自豪感;另一方面,他也对自己的低微无力感到无助,当他和铁匠灶王看到堆满山崖的《灶王记事簿》时,他虽不像铁匠灶王那样牢骚满腹,但内心却也波涛汹涌,百感交集,"此时无声胜有声",想必他也一定会感到一种巨大的荒诞和无意义吧?还有铁匠灶王、饼店灶王,特别是那位蹭吃蹭喝的候补灶王——田家灶王夫妇,各自都有自己的生存之道。田家灶工为了尽快改变候补的身份,夫妻俩不惜觍着脸去给"我"在曹府当二灶王,田家灶王溜须拍马样样精通,甚至在厨房里手脚不干净偷拿顺带,而这一切都与他的身份和期望成为"将是"的那个自己有关。

　　董顺子、董小苦、董徐氏三个人物,是"我"在书中所记的担任灶王的第二户人家。这家人贫病交加、悲苦可怜至极，然而"可怜之人必有可恨之处"，董顺子年轻时坏事做绝，"什么踹寡妇门、挖绝户坟、抢月子奶、打瞎子哑巴的事没少干，也没少偷人家抢人家……"，后来当了土匪，跟着土匪头子红猴子杀人越货、无恶不作，虽然后来娶了妻生了子，但恶习不改，吃喝嫖赌打老婆，且暗中勾结红猴子杀人抢掠，得罪了大户，终于招致仇人报复：两子被杀，妻子跳井，他重新落草，留下小儿子董小苦孤苦伶仃一人像野狗那样流浪度日，蹭吃蹭喝，偷点儿顺点儿勉强活了下来，董小苦又成为另一个董顺子。他上不孝敬瘫痪的老爹，下不疼爱自己的女儿（与老爹合谋卖掉女儿），中间则常常殴打妻子董徐氏。真是有什么样的爹就有什么样的儿，生存环境的恶劣铸就了他们生存的可能性轨迹。董徐氏，这位董家唯一善良的人物，她自被卖到董家成为董小苦的妻子起，她的悲惨遭遇就噩梦般地如影随形。她照顾这位瘫痪在床、拉撒在床的公爹董顺子，还要承受恶臭和咒骂的折磨，尽管她也抱怨牢骚甚至以咒骂回击病人的咒骂，但她的年复一年的行为本身，已经足以证明她的良善和不易。这使得"我"在"好罐"与"坏罐"之间徘徊不定，最终还是选择"好罐"。但这仍然是个难题，难就难在生活是复杂的、宽厚的，不是善恶好坏决然分明的，那种完全合规的、教科书般的所谓是非判断标准，在混沌的生活生存面前，都将是幼稚可笑的。存在本身就在于它是"在世之在"，"'在之中'是此在存在形式上的生存论术语，而这个此在具有在世界之中的**本质性建构**"⑫，"以操劳方式在世界之中存在都具有优先地位"⑬。如此看来，李浩在此所领悟到的不是认识论意义上的而是存在论意义上的看待生活和存在的可能性方式。《灶王传奇》让董徐氏最终重蹈婆婆的覆辙——跳井自杀。她能忍受恶臭、咒骂和丈夫的毒打，却不能忍受女儿的惨死，她的自杀是何等绝望的后果啊！这也是合乎逻辑的最终可能性选择。

《灶王传奇》中对小冠的书写贯串始终，小冠最好地诠释了存在可能性书写的寓意。小冠本是谭豆腐家的儿子，如果没有"土木堡之变"遭遇瓦剌人的烧杀，他将是另一种可能性；"土木堡之变"全家人遭遇不测，小冠偶然中救了龙王一命，并在灶王"我"的帮助下得以投胎通州富家大户，成为少爷王鸿盈，从此他的命运绽开了新的可能性。纨绔气、恶作剧、不爱学习、吃喝玩乐、偷鸡摸狗、寻求刺激……对于这样一个纨绔子弟，灶王"我"抬爱有加，时时牵挂，并且通过土地公公和王府灶王反复说他"本质上不坏"。其中原委，都是因为小冠有前世的记忆，甚至知道自己何时死亡，如何死亡，因此他甘愿早死也不愿意过穷人家的日子，他要在死亡之前尽情享受富贵，肆意挥洒青春："我想，反正也得早死，那我就早早地吃够了，玩够了，闯够了，闹够了，这样才不亏不是？……"这是真正的"向死存在"。他不愿意读书，不愿意受人管束，不愿意把自己捆成一个木头人，就是要活成真正的自己，把自己变成一个如海德格尔所言的"本真的存在"。他最终以"为民请命"的方式死于和饥民谈判的现场，这正是"向死而在"的残存的"良知呼唤"，"良知的呼唤具有把此在向其最本己的能自身存在召唤的性质，而这种能自身存在的方式就是召唤此在趋往最本己的罪责存在"[14]。在此，李浩再一次摒弃了认识论意义上的善恶二元观，而趋向于存在论意义上的对存在可能性的探讨。

四、小说技艺的多样性与可能性

不能简单地把《灶王传奇》看作是李浩向传统回归的作品，尽管写了传奇、写了志怪，但李浩却是"六经注我"式的赋予传奇、志怪、神话、魔幻等以新的灵魂。"赋魂"显示了李浩骨子里的"先锋"精神。我赞同金赫楠的说法："所谓'先锋'，我理解并非对应着某种固定的写作技巧和文本形式，它更多的是一种文学精神和写作实践姿态，在今天至少应该意味着勇敢走出自己创作舒适区的勇敢和能力。"⑮《灶王传奇》体现了李浩永不止歇的先锋探索姿态。小说采用了多种技法，除了对传统文类——传奇、志怪、神话、魔幻的创造性套用外，现代派技巧中常用的各种技法——"元小说"技法、隐喻法、复调与反讽等均被李浩一一征用并加以适当地改造，血肉交融地有机统一在《灶王传奇》里。在此，我想重点谈谈复调与反讽。

复调小说是巴赫金研究陀思妥耶夫斯基长篇小说时提出的一个概念。巴赫金是基于陀思妥耶夫斯基长篇小说的创作实际而发现的这一现象，与他的对话哲学思想相契合，对小说的写作具有重要的启示意义。我在此借用的复调概念与巴赫金的概念并不完全相同，而主要是指《灶王传奇》中的繁复多义乃至悖反互怼现象。

首先是结构上的复调。《灶王传奇》的结构主要是由灶王"我"联结起来的仙俗两界构成，这成为小说的表层结构。这一结构又由近景和中景组成。近景就是我在前文所谈到的主故事：灶王"我"在仙界官场的故事和在俗界几户人家担任灶王职责的故事；中景则是副故事：明朝的那些事，这些事由灶王们的言谈中体现出来。近景的两条线索与中景的故事线索就像音乐中的对位法一样，几条旋律同时独立发声而又彼此融洽交织在一起，构成复调。《灶王传奇》的表层故事主要在空间维度上展开，而作者把明朝的那些事设置为虚化的背景，就是要让时间参与进来，这个时间是开放的，就像前文说过的，是个可变量，从而建立起一个潜在的古今时间维度。这样，空间的仙俗维度与时间的古今维度，立体交叉，又构成一层复调。这一复调产生了更广泛的时空增殖，在有限的时空之上，生成了一个潜在的无限延展的远景，这一远景就是小说的深层结构。如果说，表层结构属于行为模式，那么深层结构则属于意义模式。表层结构是一种实体，而深层结构则是虚幻的、潜在的，是需要由读者的阅读参与开发并完成的不定式关系模式。这也是寓言化小说的生成机制。

其次是各个局部的复调。《灶王传奇》第四章"重新安排"中，城隍面对等待重新安排工作的众灶王的讲话实在是冠冕堂皇，然而，高院墙庄的斜眼灶王却在底下窃窃私语，几乎是城隍每说一句，他都要评说反驳一句：

"在这个，嗯，还算天朗气清、秋高气爽的日子，我们为灶王们重新安置分配……"（什么天朗气清？多冷的天，看不出阴天么。那个灶王再次窃窃地说着。）"我们蔚州城隍，这些年承受天恩润泽，政通仙和，规章落实，所有仙人、官员和仆役都能各尽其职，各司其责，颇有些欣欣向荣……而人世间，也善行昭彰，百业俱兴……"（战事连连、生灵涂炭还差不多，哪来的百业俱兴！）"瓦剌、鞑靼，他们的心里面藏着一个狼子，无论如何都不能把他们养熟，尽管大明皇帝竭力怀柔，给予他们更多的优惠和优待，但只要有机会他们就会忘恩负义，反身撕咬……"（他们大约也这样说我们，把我们看成是豺狼虎豹，长着獠牙的野兽。）"大明皇帝英宗英明神武，胸怀高远……"（对了，我听说他们被困在土木堡了，断粮断水，缺医少药，是不是有这回事？）"瓦剌也先困兽犹斗，自是不甘挫败，于是采取恶狼之技，竟然不顾战争规则与善待平民的协议，暗犯我蔚州和平之地，屠杀我手无寸铁、俱在睡梦中的索然无辜善民……"（这倒是。不过，似乎是明军先退到蔚州的，才引得瓦剌军在后面追赶，才开始肆意屠杀的。）"可怜我无数善良健壮的蔚州子民在毫无防备的情况下遭受杀戮，可怜我蔚州这个安居富庶、商贸通达的宝地，竟然变得满目疮痍……"（原来，我们也没那么好吧！）⑯

这显然属于两套话语，一边是冠冕堂皇的仙界官场的官话，另一边则是被压抑的民间私语。两套话语抵牾悖逆，构成了复调，体现了官场与民间的撕裂甚至尖锐对立。

类似的埋藏还有很多。有的虽然不是明显的悖忤话语，却是以潜台词方式存在的双声话语。比如，龙王和城隍的满嘴官话、道貌岸然和他们实际上的贪赃枉法、吃拿卡要,"我"虽然不说,但腹诽肯定是有的。另外,灶王们谈论明朝那些事时的不同态度,东岳七十二司核验灶王记事簿时的严苛与实际上的不负责,百叟宴的严整划一与"废钉子",等等,都属于这样的复调形式。

灶王们记录人间善恶的好罐坏罐,依据的是《灶王记事律则》《灶王行事规范条律》《灶王记事规程细律》等,这些条条框框不可谓不细不全,但在具体的生活实际面前却甚是尴尬。人的复杂性、生活的宽厚度并非善恶好坏的简单的二元对立所能涵盖的。从本本出发的教条主义与从实际出发的实事求是精神构成复调。

再次是文体上的复调。《灶王传奇》将传奇、志怪、神话、戏文、菜谱、议论等不同的文类文体形式纳入小说,构成小说的跨文体特征。这使得小说的疆域阔大起来。

最后,我们再说说反讽。《灶王传奇》的整体基调其实是反讽的。克利安思·布鲁克斯把反讽界定为"语境对于一个陈述语的明显的歪曲"。⑰《灶王传奇》在叙述仙界官场的各种场合,特别是那些严肃的庄严的大场面时,比如"一一造访"、百叟宴、东岳七十二司的严苛年检等,李浩愈是把脸绷得紧紧的,就愈会引发我们的笑;无论是玉皇大帝、王母娘娘,还是龙王、城隍等众仙官,他们的做派愈是一本正经、高调宣道,其言行的不一致就愈发暴露出来。百叟宴上,散仙小茅真君四百七十年来第一次登上天庭,激动得睡不着觉,然后诗兴大发,赋诗二首,以颂上德。灶王"我""当然要频频点头",连连称赞。然而,"我打了个哈欠",暴露了"我"的态度,"我"说着言不由衷的赞语,但其实隐含着反讽。"我又打了个哈欠",进一步强化了"我"的反讽态度和评价。

明朝的土木堡之变、夺门之变以及石曹之乱这些大事,在七八年之间接连发生,使得明王朝由盛转衰,《灶王传奇》选择这段历史作为背景,也是充满深意的。除了前面我说过的是让时间由古向今的开放外,还有一层意思就是言说了权力争夺的无序和世事的荒唐。王振被杀,于谦遭诛,徐有贞被贬,石亨、曹吉祥被诛三族,而且罪名都是惊人的一致——"结党营私、祸乱朝纲、意图谋逆"种种。这真真是世事难料,"眼见他起高楼,眼见他宴宾客,眼见他楼塌了"。小说把吏部尚书王文被杀、蔚州大户曹家被满门抄斩与朝中的这些大事联结起来,王振—王文,曹吉祥—蔚州曹家,他们虽然没有直接的关联,但李浩通过设置让他们在姓氏上完全重合,就反讽性地给予了某种关联,不能不令人浮想联翩。

《灶王传奇》还有向内的反讽,即自我反讽。这是作为知识分子的灶王对自我的反省。灶王严谨勤勉、事事较真与实际工作的无意义、无价值,抱负远大、志存高远与自我身份的渺小感、无力感、无助感,都形成巨大的反差,构成反讽。小说最后,曹家败落,"我"成为失业的灶王,百无聊赖的"我",自己当起自己的灶王,记录自己的善恶好坏,分别放进"好罐""坏罐",然后再销毁……看惯了人生百态、世事沧桑,听厌了相似的说辞、几无新鲜感的话语,一种巨大的悲凉和厌倦铺天盖地涌来……阅文至此,我愈发觉得灶王就是作者自己,当然也是我们大家——你、我、他!

【注】

①②⑤ 金赫楠、李浩：《"寓言化写作"的深度和它"自成一体的天地"——关于长篇小说〈灶王传奇〉的对谈》，《芳草》，2021年第6期。

③⑦ 李浩：《"现实"的可能性》，《长城》，2020年第1期。

④ 周新民：《"传统"与"先锋"的并置——读李浩〈灶王传奇〉》，《芳草》，2021年第6期。

⑥ 李浩：《灶王传奇》，北京：北京十月文艺出版社，2022年，第196页。

⑧［捷］米兰·昆德拉：《小说的艺术》，唐晓渡译，北京：作家出版社，1993年，第12页。

⑨［捷］米兰·昆德拉：《小说的艺术》，唐晓渡译，北京：作家出版社，1993年，第37页。

⑩［捷］米兰·昆德拉：《小说的艺术》，唐晓渡译，北京：作家出版社，1993年，第44—45页。

⑪［捷］米兰·昆德拉：《小说的艺术》，唐晓渡译，北京：作家出版社，1993年，第18页。

⑫［德］马丁·海德格尔：《存在与时间》，陈嘉映、王庆节合译，北京：生活·读书·新知 三联书店，1987年，第64页。

⑬［德］马丁·海德格尔：《存在与时间》，陈嘉映、王庆节合译，北京：生活·读书·新知 三联书店1987年版，第68页。

⑭［德］马丁·海德格尔：《存在与时间》，陈嘉映、王庆节合译，北京：生活·读书·新知 三联书店，1987年，第309页。

⑮ 金赫楠：《〈灶王传奇〉："传奇"名义下的现实感与先锋性》，

《文艺报》,2022年1月17日。

⑯李浩:《灶王传奇》,北京:北京十月文艺出版社,2022年,第70页。

⑰[美]克利安思·布鲁克斯:《反讽———一种结构原则》,袁可嘉译,参看赵毅衡编选:《〈新批评〉文集》,天津:百花文艺出版社,2001年,第379页。

沧桑的交响

残存的理想主义?

——读张楚的中篇小说《风中事》

和以往的写作一样,张楚的《风中事》仍然写得风生水起,颇有看头。小说以小警察关鹏的几次恋爱情史为线索,细腻而又合乎逻辑地展示了当下青年的恋爱现状和生活态度。

和所有的现代青年一样,关鹏的婚恋问题一直是其父母操心的大事,关鹏也在父母的安排下,不断地相亲见面,然而,他的婚恋却遇到了前所未有的麻烦。第一个麻烦是美少女王美琳。这是个在校的大学生,一个任性而娇气的姑娘:"这绝对不是未来孩子的母亲。他需要一个跟他睡觉生孩子、跟他打游戏会亲朋、跟他泡酒吧去西藏旅行的女人,但绝不需要一个将来内裤袜子要他洗、孩子要他喂、饭要他煮、屁股要他擦,稍不留神还可能给他戴顶绿帽子的女人。"与王美琳的分手,颇费周折,王美琳动用了其父母来助战,甚至不惜以自杀来要挟。王美琳这一形象的设置,显示出关鹏骨子里的传统因子,也为他与段锦的相遇奠定了基础。

与段锦的相遇是这篇小说的核心情节。段锦娴静端庄,是个真正的美人。当关鹏坠入情网,"才知道什么是热恋的滋味。以前和女人们种种,跟段锦的种种相较,全是温吞的白开水。上班时会忽地想她,想她的桃花眼,想她嘴角不明显的细碎纹理;午餐时会忽地想起她,想她在床上凌乱的长发,想她腋窝牛奶的香气,此时那地方就不由得竖起杆旗;下班时会想起她,想她走路的姿势,想她说话时的语调……",显然这是一次浪漫的恋爱。段锦的美丽端庄既是外在的,更是关鹏想象中的。在和段锦的恋爱中,关鹏残存的理想主义与庸俗的世俗主义全都暴露无遗。关鹏实际上是想要一份认真的、传统意义上的爱情和婚姻,然而,段锦的物质主义,却也在粉碎着他的这份奢求。先是段锦与开宾利的有钱男人的神秘瓜葛,再是关鹏舍不得给段锦买奢侈的鞋子,最后是段锦为人代孕神秘被杀,一步步验证了段锦美丽外表下物质主义的时代内核。连段锦这样的看似美丽的女孩子也把情感变为如此实利主义的交换,不能不令人震惊!

与米露的恋爱则是一种无奈的退却。米露是个十足的吃货,但她却实际得多。这是一个完全没有灵魂的肉体的躯壳。就是这个米露曾在两年内在酒店开过三十六次房。更奇葩的是,关鹏的那个男友顾长风竟也干着"鸭子"的营生。这实在是一个混乱的时代!

小说的男主人公关鹏,其实也不是一个洁身自好的主儿。他也是这种物质主义的一代。一到单位同事朋友给他介绍对象,他也不好推辞,"碰到有眼缘的,吃吃美食逛逛大街,看看电影泡泡酒吧,合意的日子上上床,处上段时日,脾气秉性要是不合,一拍两散。掐指算算,关鹏见过面的大抵也有三十多位女孩"。关鹏在恋爱问题上其实也是庸俗不堪的,但他至少在骨子里还保留了一份传统,或者说是一种理想主义,不过这种理想主义也是自私的理想主义。他希望找一个能够结婚的妻子，就是对自己忠贞、有奉献精神、不物质主义的好老婆，这是地地道道的男权主义心理。然而，他找不到这样的女孩子了，这个时代已经不再出产这样的女孩子了。王美琳、段锦、段锦师姐、米露……几乎所有的人，也包括关鹏、顾长风等，都已经成为物质主义、功利主义时代的参与者和实践者了。

  至此，张楚把婚恋问题与时代问题联系起来，使得小说具有了更加阔达的内涵。溃败和腐烂遍布生活的方方面面：单位中的争权夺利，有钱人的穷奢极欲，穷人的对金钱的不择手段的追逐，多方面的道德沦丧、廉耻尽失，加速了这种无序状态的发展。严格地说，婚恋问题绝对不单纯表现为婚恋问题，而是社会问题的投射。我觉得，张楚的这篇小说的最大价值并非在于写了一个当代青年人的婚恋问题，而是通过这个婚恋问题指向了一个更加阔大的社会生活场域。关鹏对钢铁侠的崇拜，正像段锦所言："你梦想着成为超级英雄，可是呢，内心还是个小孩。"关鹏作为一个普通的小警察，他其实在内心仍然残存着一丝理想主义，但面对现实是无力的，这也正是张楚的内心。张楚在这篇小说中表现出极大的理想主义色彩，他犹如一个孤独的英雄，抗争的愿望随着强大的无物之阵，撕裂着这最后一点儿残存的理想主义，在即将到来的海风中，它会不会被吹得烟消云散呢？

对话王力平：捕捉时代的精神特质

"河北四侠"的意义

我觉得人们之所以把胡学文、刘建东、李浩、张楚这四位作家命名为"河北四侠"，主要是从他们的创作姿态上来考量的。侠者，以武犯禁之意也。正是在挑战体制、突破常规、超越传统的意义上，"河北四侠"的意义才能凸显出来。

众所周知，河北文学的传统是农村题材和现实主义。在"十七年"时期和新时期初期，这也是河北文学引以为豪的传统。当80年代以来的现代主义和先锋文学运动风起云涌之时，河北文学除了铁凝等少数作家之外，并没有适时地跟上来。铁凝作为河北文学的旗帜，她适时地找到了孙犁的诗化现实主义传统，并将之发扬光大，进而走出河北，冲向了全国。之后铁凝由审美走向审丑，她的作为农村题材的"三垛"的厚重，与作为城市题材一种类型的《玫瑰门》的开创性，使我们看到了铁凝既继承了河北文学的现实主义传统，同时又超越了这个传统，铁凝的小说不好归为任何潮流，她的小说既不是传统的现实主义，又不是时髦的现代派，铁凝成了她"自己"——一个独特的个体。然而，河北的其他作家却在坚守传统中取得了一些成就，比如贾大山农村题材小说的获奖，还有陈冲改革小说的获奖，实际上都强化了河北文学的固有传统。"三驾马车"在90年代的出现和走红，是现代主义先锋文学落潮之后，人们重新呼唤现实主义的结果。现实主义的生命力再次闪烁出耀眼的光彩。胡学文、刘建东、李浩、张楚这四位作家，在90年代陆续登上文坛，他们所面对的正是先锋落潮，而现实主义传统异常坚固的实际。他们一开始便秉承先锋文学的流风遗韵，自觉不自觉地开始了对现实主义这个河北文学传统的反叛。

来自坝上草原的胡学文，他的小说是最接近现实主义传统的。他写了许多的底层人，底层人的苦难、命运的"不公"种种，但这都是一种表面现象，"奔走"才是这些人的基本存在状态，"奔走"显然已经超越了传统现实主义的主题层次，而接近了现代主义。胡学文常常说，他喜欢那种既接地气，又有一种飞翔感的小说。可以说，胡学文以一种温和的方式，反叛了河北文学的现实主义传统。

刘建东与李浩则以激进的方式，挑战与冒犯这个现实主义传统。刘建东一开始就心仪于先锋文学的写作方式，他甚至对现实主义这个传统不屑一顾。他的小说总是在细密的叙述中寻找张力，在荒诞不经中享受模糊，无言的"父亲"、疯长的"头发"、神秘的"药片"、羞涩的男人、"布袋"和"塔"……刘建东试图以卡夫卡式的荒诞、拉什迪式的复调，对存在的可能性密码进行加密和解密的工作。

相对于刘建东的激进，李浩简直就是决绝，他傲慢地宣称："我对现实主义有不可理喻的轻视。"他的目光高远，他所青睐的是博尔赫斯、卡尔维诺、昆德拉、纳博科夫、君特·格拉斯……他喝"狼奶"长大，把西方资源融进自己的体验，专注于生存与死亡、偶然与必然、抗争与宿命、历史与叙述等宏大高深的哲学命题。他笔下的"父亲""二叔"成为历史"环舞"中的"多余人"、失败者的能指符号，寓言化地悬浮在李浩那高度"自我"的诗意的调性中。

张楚的小说肯定不是那种写实性的所谓现实主义小说，从本质上说，张楚的小说是诗性的，然而，这种诗性不是简单的生活之诗，而是生命之诗、存在之诗，是普泛的个体生命的了悟与洞彻的复杂之后的单纯与旷达。阅读张楚使我不时想起诗人海子，那个忧郁的、怆然的、撕裂的诗人海子，他在对生命、对存在的深刻的体验中联通了张楚。忧郁和哀伤同样构成张楚小说的基调和底色。这种基调与底色，成就了张楚的先锋品质，但张楚的先锋与早期先锋派小说不同，早期先锋派小说基本属于观念写作，而张楚是属于生命的体验写作。我不了解张楚的实际生存，但我在他的小说里读到的是一种源于生命生存本身的忧郁和哀伤，这是一种接通了地气的有活力的忧郁，一种源于血肉的文字舞蹈。

正是从这个意义上说，"河北四侠"以先锋和现代主义的侠客的姿态反叛和突破了河北文学固有的现实主义传统，同时也补上了河北文学先锋主义的功课。当然，"河北四侠"的创作也在成长。我注意到他们近年的创作也开始反观河北文学的现实主义传统，在这个母体中，其实也有着许多的有益质素滋养着他们。文学需要超越感，同样，文学也需要现场感。只有将现场感与超越感有机结合的文学，才可能是优秀的文学。先"洋"后"土"，由"西"而"东"，这是莫言、刘震云、格非乃至铁凝给我们的启示。